荒野求生

绝地特种兵

[英]贝尔·格里尔斯 著　王芬芬　叶雯熙 译

BEAR GRYLLS

湖南文艺出版社
HUNAN LITERATURE AND ART PUBLISHING HOUSE

小鹏集
BOOKY KIDS

著作权合同登记号：图字 18-2023-146

图书在版编目（CIP）数据

燃烧的天使 /（英）贝尔·格里尔斯著；王芬芬，
叶雯熙译 . -- 长沙：湖南文艺出版社，2024.4
（荒野求生·绝地特种兵）
ISBN 978-7-5726-1551-1

Ⅰ. ①燃… Ⅱ. ①贝… ②王… ③叶… Ⅲ. ①儿童小
说－长篇小说－英国－现代 Ⅳ. ① I561.84

中国国家版本馆 CIP 数据核字（2024）第 013829 号

上架建议：儿童文学

HUANGYE QIUSHENG · JUEDI TEZHONGBING · RANSHAO DE TIANSHI
荒野求生·绝地特种兵·燃烧的天使

著　　者：	[英]贝尔·格里尔斯
译　　者：	王芬芬　叶雯熙
出 版 人：	陈新文
责任编辑：	匡杨乐
监　　制：	李　炜　张苗苗
策划编辑：	马　瑄
特约编辑：	张晓璐　杜天梦
营销支持：	付　佳　杨　朔　付聪颖
版权支持：	刘子一　王媛媛
封面绘图：	孟博林
版式设计：	马睿君
封面设计：	霍雨佳
内文排版：	金锋工作室
出　　版：	湖南文艺出版社
	（长沙市雨花区东二环一段 508 号　邮编：410014）
网　　址：	www.hnwy.net
印　　刷：	三河市中晟雅豪印务有限公司
经　　销：	新华书店
开　　本：	875 mm×1230 mm　1/32
字　　数：	138 千字
印　　张：	8.5
版　　次：	2024 年 4 月第 1 版
印　　次：	2024 年 4 月第 1 次印刷
书　　号：	ISBN 978-7-5726-1551-1
定　　价：	32.00 元

若有质量问题，请致电质量监督电话：010-59096394
团购电话：010-59320018

谨以此书献给驾驶飞机在东非保护区巡逻时被偷猎者杀害的罗杰·高尔，以及罗杰·高尔基金和象牙信托基金两家野生动物保护慈善机构。

作者的话

这本书的灵感来自我的祖父，威廉·爱德华·哈维·格里尔斯准将，他获得过大英帝国勋章，隶属于第十五/十九国王皇家轻骑兵队。第二次世界大战结束之际，温斯顿·丘吉尔命令组建了标靶特别行动组，我的祖父便是这个迄今为止最神秘的行动组的指挥官。该行动组的任务是保护秘密技术、秘密武器和科学家，追查纳粹高官，为西方国家服务，打击新的敌人。

直到他死后，一些机密文件在满足了《官方保密法》"七十年解禁原则"后得以公开，我们一家才知道他作为标靶特别行动组指挥官的这一秘密身份。本书的创作正是基于这一发现。

我的祖父是个沉默寡言的人，但我从懂事起就记得他非常慈祥，我记得他爱抽烟斗，总是一副神秘莫测的样子，喜欢讲冷笑话，深受他下属的爱戴。

不过对我来说，他始终是我的泰德爷爷。

目 录

楔 子

1942年10月16日，格陵兰岛，赫尔海姆冰川。

党卫军中尉赫尔曼·沃思用手拨开了眼前纷飞的雪花。他硬着头皮将脸凑近，离她的脸不到三十厘米。透过那层冰往里看，他不由得屏住了呼吸。

那女子瞪着大大的双眼，保持着垂死挣扎之际的样子，死不瞑目。正如他所料，这双眼睛是天蓝色的。但是他的希望，顷刻之间便荡然无存。

她的双眼眼神呆滞，如僵尸一般。半透明的冰块冻住了她的身子，一双像枪管一样鲜红的眼珠子直勾勾地盯着他。

　　难以置信的是，这个女子跌落山崖，被埋在冰川里的时候，竟哭出了血泪。沃思可以看见，从她的眼眶中渗出的、泡沫般的血泪，最后被永久地冰封。

　　他迫使自己将视线从她的双眼移开，转移到她的唇部。在极地，那无数个厚厚的鹅绒睡袋都无法抵御严寒的夜晚，他总是冷得瑟瑟发抖，无数次幻想着这张嘴唇。

　　他曾想象过她的嘴唇，还梦见过很多次。他想，这是一位德意志少女的丰满双唇，颜色鲜红，微微上翘，她苦苦等待了五千年，只等一个吻将她唤醒。

　　是他的吻。

　　可是现在看得越久，他越感觉到身体里涌起一股恶心的感觉。他连忙转身，迎着透过冰川裂缝呼啸而来的刺骨的冷风干呕。

　　其实，她的吻是死亡之吻，是女魔的拥抱。

　　女子的嘴唇覆盖了一层深红色——血液结成的血痂。血液曾溅射在她身前的冰上，仿佛是一块随风翻飞的裹尸布，令人毛骨悚然。嘴唇之上，鼻子处也曾涌出深红色血液，当初必定鲜血淋漓。

他的目光往下移动，四处打量，掠过她那冰冻裸露的躯体。不知什么原因，这位远古的女子爬过冰川，失足跌落冰川裂缝之前，胡乱脱掉了衣服。她跌落在一块冰架上，几个小时之后就被冻成了结结实实的冰块。

躯体保存得完好无损……但远不够完美。

沃思简直不敢相信，这位冰冻女子的腋窝处竟然也布满了一滴滴黏稠的深红色血液。临死之前——死亡之时——这位所谓的远古北欧女神流淌出了每一滴生命之血。

他的目光慢慢下移，心中惶惶不安。正如他所担心的那样，她的下身也被一层厚厚的血渍包裹。就在她躺在那里动弹不得，心脏停止跳动的一刻，还有一股浓稠腐臭的血液从下身流出。

沃思又转身呕吐。

他透过升降车的铁丝网向外呕吐，只见呕吐物飞溅到脚下不见底的深渊。他不停地干呕，直到再也吐不出什么东西，干呕变成了短促痛苦的喘息。

他用手抓着铁丝网站起身，抬头看了一眼耀眼的探照灯，一束刺眼的强光投射到阴影笼罩的冰洞里，在他周围反射出一种万花筒般的色彩。

这就是卡姆勒所说的远古雅利安女神瓦尔：好吧，将军可以来见她了！

汉斯·卡姆勒是党卫军将军，沃思不知道该如何向他报告这个情况。大名鼎鼎的党卫军长官不远千里飞来，就是为了看见女神光荣地脱离冰天雪地，实现让她复活的承诺，这样他便能当面向希特勒报喜。

希特勒的梦想终于要实现了。

可现在情况却是这样。

沃思强迫自己重新注视着这副躯体。他看得越久，越感到毛骨悚然。就好像这个冰冻女子临死前曾和自己的身体搏斗，像是在排斥自己的内脏，想把它们从身体中呕吐出去。如果她是这样死的，她的血液和内脏应该被冻在冰里才对，她当时一定还活着，死前流了很长时间的血。

沃思觉得，她不是因为坠落冰缝而死，也不是被冻死的。而是在她跌跌撞撞爬过冰川的时候，已有恶疾缠身。

但是她为什么泣血？

呕血？

流血？

甚至尿血？

到底是什么原因？

到底是什么导致她死亡？

这不是他们所期望的远古雅利安女神的形象，也不是他在无数个夜晚梦到的北欧女战神——用来证明五千年前的、辉煌的雅利安人的血统。这不是纳粹精英的老祖宗——一个被解救的史前金发碧眼的北欧完美女人。

希特勒一直渴望找到这样的证据。

但现实情况——这是一个魔女。

沃思凝视着她痛苦的脸庞——那空洞、肿胀、布满血痂的双眼，神情呆滞，让人恐惧，他顿时恍然大悟。

他知道自己正凝视着通往地狱的大门。

他踉踉跄跄地从冰冻的躯体旁后退了几步，手举过头顶，用力拉着信号绳。"我要上去！快拉我上去！上去！发动绞车！"

在他的上方，发动机轰鸣作响，升降车突然动了。

随着升降车的上升，那些触目惊心、血迹斑斑的冰块慢慢地离开了他的视野。

黎明的太阳在寒风和冰雪中投下粉色光晕，沃思弓着身子升上地面，他拖着疲惫的身体从升降车中爬了出来，走在冻得硬邦邦的雪原上。他经过时，两边的哨兵"啪"地踢了一下他们的脚后跟。他们的橡皮鞋跟上结了厚厚一层冰，笨重的毛里皮靴发出沉闷的声响。

沃思心事重重地还了哨兵一个礼，思绪仍陷在痛苦之中。他挺起肩膀，迎着呼啸的风，将厚厚的罩衫拉得更紧，以便遮住冻僵的五官，随后往附近的帐篷走去。

一阵猛烈的狂风吹来，吹散了帐篷顶上的烟囱升起的黑烟。炉子已经烧起来了，显然，丰盛的早餐也已经准备好了。

沃思猜想他的三个党卫军同僚已经醒了。他们本就习惯早起，何况今天还是"冰少女"起死回生的日子，他们就更睡不着了。

一开始，只有两位党卫军军官和他在一起——奥托·拉恩中尉和理查德·瓦尔特·达尔将军。后来，党卫军将军汉斯·卡姆勒乘坐着一架装有雪橇的飞机出其不意地空降到这里，来见证这一壮举的关键阶段。

作为这次探险队的总指挥官，达尔将军本应全权负责，但是谁都清楚，卡姆勒将军才掌握着实权。卡姆勒是希特勒的心腹，是元首的耳目。沃思听说将军要亲自来见证最伟大的胜利，还一度十分激动。

仅仅四十八小时之前，一切看起来还都称心如意，一项艰巨的任务将完美收官。但是今天早上……唉，沃思已经没心情欣赏晨曦、享用早餐、面对同僚了。

自己怎么会到这里来呢？他想。沃思一向标榜自己为古文化和宗教学者，正因如此，他获得了希姆莱和希特勒的青睐。希特勒亲自授予了他纳粹党党员编号——这的确是一份殊荣。

1936 年，他建立了"德国祖先遗产研究学会"，这个名字的意思是"从祖先那里继承下来的"。学会的任务就是证明神话中的北欧人——原始的雅利安民族，曾统治过世界。传说中，一个金发碧眼的民族居住在北国，这是神话中地球北部的一片冰天雪地，后来被证明正是北极圈地区。

随后，他们前往芬兰、瑞典，还有北极探险，可惜并没有任何重大的发现。后来，一群军人被派往格陵兰岛建气象站，他们在那里听到了令人兴奋的消息，据说在格陵兰岛的冰层中埋藏着一个远古时期的女子。

他们眼下肩负的正是这项伟大的使命。

简而言之，沃思是一个考古爱好者以及机会主义者。毫无疑问他不是死心塌地的纳粹分子。但是作为德国祖先遗产研究学会的会长，他被迫与希特勒政权中最阴险毒辣的狂热分子打交道——其中两位现在就在他面前的帐篷中。

他知道，这次自己不会有好下场，前期承诺了太多，有些甚至是直接对元首许下的承诺。这一刻他被寄予了太多崇高的期望，太多不可能的希望和野心。

沃思已经看见过她的脸，那个女子有着一张魔鬼似的脸。

沃思低头钻进了双层的厚帆布帐篷：外层是为了抵御刺骨的寒风和呼啸的暴风雪；里层用来锁住人体和旺盛的炉火散发的热量。

刚煮好的咖啡芳香扑鼻。三双眼睛期待地看着他。

"沃思啊，怎么拉长着脸?"卡姆勒将军打趣地说，"今天可是个好日子!"

"你不会把我们美丽的夫人掉进冰缝里了吧?"奥托·拉恩接着说，脸上露出了狞笑，"还是你试图把她吻醒，结果惹上了麻烦，被扇了一巴掌?"

拉恩和卡姆勒哄笑了起来。

这位死心塌地的党卫军将军和那位有点娘娘腔的古生物学家似乎有着一种特殊的友情。就像帝国的很多事情一样，沃思对此也说不清道不明。至于第三位坐着的人物——党卫军将军理查德·瓦尔特·达尔，他只是阴沉着脸盯着咖啡，眉头紧皱，深色的眼睛中积聚着怒火，薄薄的嘴唇像往常一样紧闭着。

"好了，我们的冰少女呢?"卡姆勒问，"可以去看她了吗?"他手一挥，指着桌上的早餐，"还是先吃一顿庆祝呢?"

沃思浑身发抖。他仍恶心想吐。他寻思着不如让这三位看完"冰少女"再吃饭。

"将军，我认为最好在早餐前去看。"

"你看起来一脸沮丧，中尉先生，"卡姆勒追问，"莫非她和我们预想的不一样？不是金发碧眼的北欧天使？"

"你把她从冰缝里救出来了吗？"达尔将军插话，"她的容貌还清晰吗？他们怎么评价弗蕾娅①？"提到这个葬身于冰缝的女子，达尔借用了一位古代北欧女神的名字，而在古挪威语中，弗蕾娅是"夫人"的意思。

"她是我们的哈丽娅莎才对，"拉恩反驳道，"我们远古北国的哈丽娅莎。"哈丽娅莎是另外一位北欧女神，她的名字意为"长发女神"。这个名字用在三天之前似乎再贴切不过。

几个星期以来，团队一直在小心翼翼地凿冰层，以便看得更清楚。冰层终于凿开了，却发现这位"冰少女"嵌进了冰缝的峭壁里，只能看见她的背部，但这就足够了。能看出她有着一头美丽的金色长发，编成粗粗的辫子。

有了这一发现，沃思、拉恩还有达尔欣喜若狂。

———————————

① 弗蕾娅：Freyja，北欧神话的爱情与魔法女神。——译者注

如果她的面容符合雅利安种族的特征，那么他们就圆满完成任务了。希特勒会对他们大加奖赏。只需把她从冰缝中的峭壁里解救出来，翻转冰块，好好看看她的面孔就行了。

可是，沃思已经看了……看过之后彻底倒了胃口。

"将军，她和我们期待的样子不太一样，"他支支吾吾地说，"您最好亲自看看。"

卡姆勒第一个站起来，微蹙眉头。这位党卫军将军又用了一位北欧女神的名字来称呼这具冰尸。"凡是见过她的人都会爱上她，"他曾说过，"所以我告诉元首，我们叫她瓦尔——意思是'心上人'。"

唉，只有真正的圣人才会爱上那具血肉模糊的、腐朽的尸体。但沃思很确定，此时此刻，这顶帐篷里没有圣人。

沃思领着他们穿过冰面，感觉像是带领着自己的送葬队伍。他们一行人进了升降车，随即被往下放，这期间探照灯亮了。沃思之前下过命令，要求关掉所有的灯，除非检查或查看尸体时才能开灯。他不想强光散发出的热量使冰融化，解冻他们的少女。她需要保持深度冰冻的状态，才能被完好无损地运回位于柏林的德国祖先遗产研究学会总部。

沃思看了看站在对面的拉恩。他的脸笼罩着一层黑影。不管在哪里，拉恩都戴着一顶宽檐黑色软呢帽。他自称寻骨者和考古冒险家，并将其作为自己的招牌。

对拉恩这个爱出风头的家伙，沃思觉得自己与他有某种共鸣。他们有共同的愿望、激情和信仰。当然，还有同样的恐惧。

升降车猛地停了下来。它像一个疯狂的钟摆一样左右剧烈摆动，铁链被拉紧后才停稳。

四双眼睛齐齐地盯着封在冰块里的那具尸体的脸，冰上呈现出可怕的暗红色血迹。沃思能感觉到，这个魔鬼面容的女子，对党卫军同僚产生了很大的冲击。大家目瞪口呆，陷入了难以置信的死寂。

卡姆勒将军最终打破了沉默。他看向沃思，脸上的表情一如既往地神秘莫测，目光类似爬行动物，冷酷决绝。

"既然元首期待，"他平静地说，"我们不能让他失望啊。"他顿了一下，又说："给她收拾一下，务必让她的面貌与她的名字'瓦尔'相匹配。"

沃思难以置信地摇了摇头。"我们按计划行事吗？但是将军，这个风险……"

"有什么风险，中尉？"

"我们不知道她死亡的原因是什么……"沃思指着尸体，"是什么导致了这般——"

"不存在风险，"卡姆勒打断了他，"五千年前，她在这片冰原上遭遇了不幸。已经过去五千年这么久了。你只要把她收拾干净，打扮得漂亮些。让她变成完美的北欧人、雅利安人……对，让她符合元首的期盼。"

"但是怎么做呢，将军？"沃思问，"您也看见了——"

"给她解冻啊，"卡姆勒打断了他，指着冰块，"你们德国祖先遗产研究学会的人多年来一直在活人身上做实验——冷冻和解冻活人，不是吗？"

"是做过，将军，"沃思承认，"我没做过，但是的确有人体冷冻实验，加上盐水——"

"细节就不用交代了。"卡姆勒用戴着手套的手指指着血迹斑斑的尸体，"给她注入点生气。不惜一切代价，抹去她脸上骷髅般的笑容，去掉眼睛里……那种眼神。让她符合元首的美好幻想。"

沃思硬着头皮答:"遵命,将军。"

卡姆勒看了看沃思和拉恩:"你们如果做不到、完不成任务——给我提头来见。"

他大声命令把升降车往上升,一群人默默地随着升降车往上升。到达地面时,卡姆勒转身面向德国祖先遗产研究学会的人。

"我没有胃口吃早餐了。"他咔嗒一声并拢脚跟,行了一个纳粹礼。他的党卫军同僚回礼。

说完,卡姆勒将军怒气冲冲地走过冰面,上了飞机——启程返回德国。

第 一 章

再会"夜行者"

时间回到今日

C-130大力神运输机的飞行员扭头望着威尔·耶格。"伙计，就为你们几个，雇了一架C-130运输机，有点小题大做了吧？"他有浓重的南方口音，很可能是得克萨斯来的，"你们就三个人，对吧？"

耶格从舱门处看向机舱的两位同伴，这二人正坐在折叠帆布椅上。"是的，就我们三个。"

"有点过头了，你们觉得呢？"

耶格上飞机时戴着全护式头盔和氧气面罩，还穿着笨重的跳伞服，看起来像要准备高空跳伞。飞行员不可能认得出他。

至少现在还没有认出来。

耶格耸了耸肩。"是的，我们本来人更多的。你知道怎么回事吗，有些人回不来了。"他顿了一下，"他们被困在了亚马孙。"

最后三个字他说得很慢。

"亚马孙？"飞行员问，"你是说亚马孙丛林吗？怎么回事？跳伞出问题了？"

"比那还糟。"耶格松开勒紧的头盔带子，想要透透气，"死了，回不来了。"

飞行员愣了半天才反应过来。"死了？怎么死的？跳伞发生意外了？"

耶格语速慢了下来，一字一顿地说："不，不是意外。在我看来不是，更像是有计划的蓄意谋杀。"

"谋杀？真糟糕。"飞行员伸出手，松开飞机的油门杆，"我们正接近巡航高度……二十一分钟后起跳。"他顿了一下，"谋杀？谁被谋杀了？还有——哎——为什么被谋杀?"

耶格没有回答,取下了头盔。为了保暖,他的<u>丝质巴拉克拉法帽</u>①依然紧紧地裹在脸上。每当要从三万英尺②高的地方跳下来时,他总会戴着这种帽子。那样的高度,比在珠穆朗玛峰还要冷。

飞行员仍未认出他,但是他能够看到耶格的眼睛。此时此刻,耶格的眼神中透着杀气。

"在我看来是谋杀,"耶格重复道,"残忍的谋杀。有意思的是,这一切都发生在从一架C–130飞机上跳下去之后。"他环视了一下驾驶舱,"说实话,那架飞机跟这架很像……"

飞行员摇了摇头,紧张不安的情绪涌上心头。"伙计,你把我弄糊涂了……你的声音听起来有点耳熟。你们英国人就是这样——说话听起来都一样,你不介意我这么说吧。"

---

① 巴拉克拉法帽(balaclava):一种完全围住头和脖子,仅露出眼睛和鼻子的头套。——编者注

② 英尺:英美制长度单位,1英尺=0.3048米。——编者注

"不介意。"耶格笑了笑，但是他的眼睛里没有笑意，眼神摄人心魄，"所以，我猜你一定曾在特种作战航空团服役，之后才去私人飞机公司的。"

"特种作战航空团？"飞行员听起来很惊讶，"嗯，确实是待过。但……我在哪儿见过你吗？"

耶格的眼神变得犀利。"一日为夜行者，终身为夜行者——他们不是这么说的吗？"

"没错，是这么说的。"听得出来飞行员吓坏了，"伙计，我在哪儿见过你吗？"

"的确见过。尽管我知道你多么希望从未见过我。伙计，你会视我为梦魇。曾经，你驾驶飞机带领我和我的团队飞进亚马孙，不幸的是，所有人的幸福生活都毁于一旦……"

三个月前，耶格带领着一支十人团队进入亚马孙丛林，寻找一架"二战"时期失踪的飞机。他们当时也和现在一样，雇用了同一家私人飞机公司的飞机。在途中，飞行员提及他曾服役于美国军方的特种作战航空团，该团也被称为"夜行者"。

耶格非常了解特种团。他在特种部队服役时，有好几次都是特种作战航空团帮他和队友解了围。特种作战航空团的座右铭是"死神潜伏在黑暗中"，但是耶格从没想到，他和他的团队会成为被下手的目标。

耶格伸手扯下了他的巴拉克拉法帽。"死神潜伏在黑暗中……此话不假，尤其是有你暗中引路，差点把我们都害死了。"

顿时，飞行员难以置信地瞪大了眼，然后转向坐在他身边的人。

"你来开飞机，丹，"他低声说，让副驾驶操控飞机，"我需要跟我们的……英国朋友聊几句。呼叫达拉斯·沃思堡，本机要求取消此次飞行，指引航线——"

"我不会这么干，"耶格打断了他，"如果我是你的话，我不会。"

耶格从跳伞服中迅速掏出一把微型西格绍尔 P228 手枪，这是精英作战人员的首选武器，他把平头枪管紧紧地抵在飞行员的后脑勺上。动作之快让飞行员根本没有时间反应，更不用说抵抗了。

飞行员脸色煞白。"搞……搞什么鬼？你要劫持我的飞机？"

耶格浅笑。"你最好相信是这样。"他接着对副驾驶说,"你以前也是夜行者吗?还是像你这个兄弟一样是个背信弃义的人渣?"

"我该怎么说,吉姆?"副驾驶小声地说,"我该怎么回答这个家伙——"

"我来告诉你如何回答,"耶格打断了他,一边说着,一边解开了飞行员座椅的锁扣,猛地转了一下座椅,好让那家伙和自己面对面。他把九毫米口径的枪对准飞行员的前额。"快点如实回答,不要撒谎,否则我一枪打爆他的脑袋。"

飞行员瞪大了眼睛。"该死,快告诉他,丹。这家伙疯了,什么都做得出。"

"是的,我们都是特种作战航空团的,"副驾驶粗声粗气地说,"我们在同一个编队。"

"很好,不如给我看看特种作战航空团有多大本事吧。我知道你们实力很强。我们在英国特种部队都这么干。证明给我看看。调整航向,飞往古巴。越过美国海岸线,离开美国领空后,将飞机贴近海面飞行,我不想任何人发现。"

副驾驶看了一眼飞行员，飞行员点了点头。"照他说的做。"

"调整航向，飞往古巴，"他咬牙切齿地说，"你有明确的目的地吗？古巴可是有几千英里①的海岸线，明白我的意思吧。"

"我们将在一座小岛上跳伞降落。快接近小岛时，我会告诉你准确的坐标。我要求日落后即刻登岛——以便有夜色的掩护。调整飞机速度，照我说的做。"

"你别得寸进尺。"副驾驶低吼着。

"保持东南航向稳定飞行。同时，我有几个问题想问问你这位朋友。"

耶格把飞行员的折叠座椅放了下来，转向机舱后部，然后坐下来，将西格绍尔手枪的枪口对准他的下半身。

"听好，"他若有所思地说，"我有很多问题想问。"

飞行员耸了耸肩。"好吧。想问什么问什么吧。该死。"

---

① 英里：英美制长度单位，1英里=1.609千米。——编者注

耶格盯着手枪看了一会儿，然后邪恶地笑了笑。"你真的想让我开枪吗？"

飞行员皱起了眉头。"说说而已。"

"第一个问题。为什么在亚马孙对我的人赶尽杀绝？"

"哎，我可不知道。谁也没跟我说要杀人。"

耶格把枪抵得更紧了。"回答我。"

"为了钱，"飞行员咕哝着，"事情不总是这样吗？见鬼，我不知道他们会把你们赶尽杀绝。"

耶格没有理会他的狡辩。"多少钱？"

"很多。"

"多少？"

"十四万美金。"

"好，让我来算一算。我们丢了七条命。两万美金一条命。你这是贱卖。"

飞行员举起双手。"喂，我完全不清楚情况！我不知道他们想杀掉你们，我怎么会知道呢！"

"谁收买了你们？"

飞行员犹豫了。"一个巴西本地人。在酒吧里遇到的。"

耶格哼了一声，虽然他一个字都不信，但是他不得不继续逼问。他需要细节和有用的情报，帮助他抓住真正的敌人。"你知道名字吗？"

"知道。叫安德烈。"

"安德烈。你在酒吧里遇到的那个巴西人叫安德烈？"

"是的，他的口音听起来不太像巴西人，倒像俄罗斯人。"

"很好。记得清楚对你有好处。尤其是当你的下身被一把九毫米口径的手枪指着的时候。"

"我记得很清。"

"那么，你在酒吧里遇见的这个俄罗斯人安德烈，你知道他为谁卖命吗？"

"我只知道有一个叫弗拉基米尔的人是幕后主使。"他停顿了一下，"不管是谁杀了你的人，他就是那个下命令的。"

弗拉基米尔。耶格之前听过这个名字。知道他是黑帮老大，不过他上头肯定还有更有权的人。

"你见过这个弗拉基米尔吗？跟他见过面吗？"

飞行员摇头。"没有。"

"但你还是拿了钱。"

"是的，我拿了钱。"

"我的一个队员值两万美元。你拿这些钱做了什么——开泳池派对吗？带孩子去迪士尼？"

飞行员没有回答，挑衅地抬起下巴。耶格恨不得用枪托砸他的脑袋，但是他现在需要让这个家伙保持神志清醒。

耶格急需他驾驶这架飞机，快速飞向他们的目的地。

"既然你把我的人卖得这么便宜，那就谈谈你的救赎之路吧，怎么着也要补偿一半。"

飞行员哼了一声。"你想干吗？"

"听我说。弗拉基米尔还有他的同僚绑架了我的一个探险队队员。她叫莱蒂西亚·桑托斯，巴西人，当过兵，是一位离异的年轻母亲，有一个女儿需要照顾。我挺喜欢她的。"他顿了一下，又说，"她被关押在离古巴内陆很远的一个偏僻小岛上。至于怎么找到她，不关你的事，但你只需要知道我们正飞过去救她。"

飞行员强颜欢笑。"你以为你是谁？詹姆斯·邦德吗？就三个人，一支三人小组。对方呢？你以为像弗拉基米尔这样的人手下没人？"

耶格用灰蓝色的眼睛盯着飞行员，眼睛里有一种平静而炽烈的激情。"弗拉基米尔手下有三十个全副武装的士兵。我们是以一敌十。这是明知山有虎，偏向虎山行。所以你们要确保，我们能神不知鬼不觉地偷偷袭击那座岛。"

耶格黑发略长，面容略显憔悴，像狼一样，看上去比他三十八岁的实际年龄年轻。他是见过大风大浪的人，眼神咄咄逼人，尤其像现在手里握着武器的时候，更是不会犯糊涂。

C-130飞行员并没有被这种眼神吓到。"在美国特种部队，若突击部队要袭击一个防守严密的目标，通常靠三比一的优势。"

耶格在他的背包里翻了翻，拿出一个奇怪的东西：像一个被撕掉标签的大烤豆罐，一端连着用保险夹固定的手柄。他把那东西举起来放在飞行员前面。

"瞧，我们有这个。"他的手指抚摸着罐子一侧印着的字母：科洛科尔-1。

飞行员耸耸肩。"从未听过。"

"你肯定没听过。俄罗斯的，苏联时代的玩意儿。这么说吧：如果我拉了保险销，然后丢出去，这架飞机就会充满有毒气体，然后像石头似的掉下去。"

飞行员看了看耶格，双肩紧张地绷着。"你这么做的话，我们都得死。"

耶格想逼一逼这个人，但是不想太过火。"我不会动这个拉环。"他把罐子放回背包，"但是相信我，别惹科洛科尔 –1。"

"好的，我明白了。"

三年前，耶格曾遭遇过这种毒气的袭击，那是一场噩梦。当时他和妻儿在威尔士山区露营。一群恶人——就是现在劫持莱蒂西亚·桑托斯的那群人——在深夜用科洛科尔 –1 发动袭击，当时耶格失去了知觉，命悬一线。

那是他最后一次见到妻子露丝和八岁的儿子卢克。

不管是什么人劫走了他们，妻儿被绑架的事情一直折磨着耶格。其实，他知道那些人让他活着，就是为了折磨他。

每个人都有一个精神崩溃的极点。耶格四处寻找失踪的家人，最终不得不接受这个可怕的事实：他们已经走了，似乎无迹可寻，他无力保护他们。

他几乎崩溃了，经常喝得酩酊大醉、不省人事，以便聊以自慰。朋友的鼓励和妻儿尚在人世的证据，才让他绝处逢生。

但是他好像变了一个人。

他变得更阴郁，更精明，更愤世嫉俗，更多疑。

他喜欢独处，并且变得更加孤僻了。

此外，性情大变的威尔·耶格为了找到那些毁掉他人生的人，不惜打破所有规则。所以有了眼下这个任务。他想要以其人之道，还治其人之身。

中国古代军事家孙子曾说过："知己知彼，百战不殆。"这是一条再简单不过的真理，耶格在部队的时候，就将其视为金科玉律。知己知彼，这是所有任务的首要规则。

这段时间，他明白了任何任务的第二条规则就是：以其人之道，还治其人之身。

英国皇家海军陆战队和英国特种空勤团——耶格曾

服役的两个部队，强调横向思维的必要性。保持开放思维、出其不意。以其人之道，还治其人之身是重中之重。

耶格认为，躲在古巴那个小岛上的部队怎么也不会想到，深夜他们会被自己惯用的毒气偷袭。

那是敌人对他做过的。

他尝到了苦头。

是时候让他们也尝尝苦头了。

科洛科尔-1是俄罗斯人严加看管的毒剂，没人知道它的确切成分。但是在2002年，它突然进入了公众视野，当时有一群恐怖分子控制了莫斯科的剧院，劫持了上百号人质。

俄罗斯人没有慌乱。他们的特种部队在整个剧院释放了科洛科尔-1气体。随后如闪电般发动袭击，突出重围，歼灭了所有恐怖分子。不幸的是，当时有很多人质也中毒了。

俄罗斯人从未对外透露过他们到底使用了什么药剂，但是耶格在英国秘密国防实验室的朋友得到了一些样本，确定这就是科洛科尔-1。这种气体是一种致残剂，但是根据当时莫斯科剧院的情况来看，长时间接触这种气体是致命的。

简而言之，用它来达到耶格的目的再合适不过了。

耶格打算把弗拉基米尔的手下留几个活口。如果他赶尽杀绝，很有可能就会被全古巴的警察、陆军、空军追踪。现在，他和他的队员正迅速前往目的地，他们需要神不知鬼不觉地进入，然后撤出。

即使对那些幸存的人来说，科洛科尔–1也会让他们大伤元气，需要几个星期的时间来恢复，到那个时候，耶格和他的队员，还有莱蒂西亚·桑托斯，早就撤离了。

耶格想要弗拉基米尔活着，还有一个原因。耶格有问题要问他，只有弗拉基米尔才能给出答案。

"我们要做的是，"他告诉飞行员，"凌晨两点的时候飞到一个六位数的坐标位置。这个坐标位置是目标岛屿正西的一片海域，离岛有两百米。你们要低空飞行，保持在树顶的高度飞进去，随后拉升到三百英尺的高度，然后我们会低空跳伞跳下去。"

飞行员瞪大了眼睛。"低空跳伞？你们那是送死。"

低空跳伞是一种超隐秘的精锐部队技能，由于风险大，很少在战斗中使用。

"一旦我们离开，你尽可能地靠地飞行，"耶格继续说，"离小岛远一点。把你的飞机隐藏起来，免得被发现——别发出噪声——"

"我可是夜行者，"飞行员打断他的话，"我知道我在做什么，用不着你教。"

"那就好。你离开小岛，然后设定航线返航。我们完成了任务，你也就摆脱我们了。"耶格顿了顿，"清楚了吗？"

飞行员耸了耸肩。"差不多吧。问题是，你的计划太糟糕了。"

"此话怎讲。"

"明摆的。我有很多方法可以出卖你。我可以把你扔在错误的坐标上，在该死的海中央怎么样？让你们游过去。或者我让飞机在小岛上空盘旋，嗡嗡作响。嘿，弗拉基米尔！醒醒！装甲部队来了——来了三个人！见鬼，你的计划简直漏洞百出。"

耶格点了点头。"我知道你的意思。但是，你不会那么做。因为我那七个弟兄的死，你罪大恶极。你需要一次救赎的机会，否则它将折磨你的余生。"

"你觉得我还有良心？"飞行员吼道，"那可大错特错了。"

"你说得对，"耶格反驳，"为了以防万一，我还有一招。如果你要了我们，你的下场就惨了。"

"谁说的？我会如何呢？"

"你刚才未经批准，低于雷达探测高度飞往古巴。由于你无处可去，你必须返回达拉斯·沃思堡机场。我们在古巴有几个好朋友，会等我发回'成功'二字的信号。如果他们在凌晨五点前没收到信号，就会联系美国海关，说你的飞机一直在运送毒品。"

飞行员怒火中烧。"我从来不碰那些东西！那是邪恶的勾当。而且达拉斯·沃思堡的人认识我们。他们不会听信你的话。"

"我想他们会的，至少他们得检查一下。他们不能无视古巴海关局长的密报。等缉毒局的警犬来了，那就有好戏看喽。你知道吗，我在你的飞机后部撒了一些白色毒品粉末，又在 C-130 机舱的几处地方藏了几克可卡因。"

耶格可以看到飞行员的下巴因紧张而抽搐。他盯着耶格手里的手枪，恨不得跳起身扑过去，但他知道自己肯定会吃枪子。

每个人都有一个精神崩溃的极点。

你不能把一个人逼得太紧。

"这叫软硬兼施，吉姆。所谓软就是你的救赎，我们大致可以扯平。硬就是你会因贩毒被判在美国监狱终身监禁。而你执行这次任务之后，就可以平安返航，你会清清白白，生活恢复正常，只是你的良心稍有不安。所以无论如何，执行这次任务对你有好处。"

飞行员凝视着耶格。"我送你们去伞降区域。"

耶格笑着说："我去告诉我的人准备跳伞。"

第 二 章

飞临敌阵

黑夜中，C-130大力神运输机低空极速呼啸飞行，掠过浪尖。

外面是一片漆黑的汪洋。耶格和他的队员站在敞开的舷梯上，尽力保持平衡，耳边咆哮着一阵阵飞机气流的轰隆声。

飞机低空飞过礁石时，耶格不时能看到涌动的海浪，海浪不断拍打着礁石，汹涌澎湃。目标小岛周围环绕着锯齿状的珊瑚礁，他们得尽量避开。水面可以提供相对柔软的着陆面，但在珊瑚礁上降落则会摔得腿断胳膊折。如果一切顺利，耶格计划的跳伞点就在暗礁内的海洋，而且离海岸线不远。

听耶格说完，C-130大力神运输机的飞行员自知别无选择，只能执行任务，他多少用了点心。现在，耶格可以看出这些人——曾经的夜行者，真的名副其实。

四个回转螺旋桨在飞机两侧呼呼旋转，夜晚寒冷的空气进入机舱。飞行员在接近波浪顶部的高度飞行，操纵着这台巨大的机器，如同驾驶一辆一级方程式赛车。

耶格和队友待在漆黑的机舱内，耳边噪声回响，倘若不习惯这样的飞行，准会呕吐。

他转身望向两名队友。塔卡瓦西·拉法拉是个大块头，大家都叫他拉夫，他是一个身材魁梧、结实如磐石的毛利人，也是耶格在英国特种空勤团服役时最亲密的朋友。拉夫是一位战无不胜的队友，遇到不测时，耶格愿意与之并肩作战。他完全信任这位梳着传统毛利人长发的队友。多年来，他们一起出生入死。不久前，拉夫将耶格从酗酒沉沦的生活中拯救出来，耶格对他更加信任了。

第二名队员是个女人，性格稳重、身材苗条、容貌姣好，一头金发随着猛烈的气流肆意摆动。伊琳娜·纳洛芙曾是俄罗斯特种部队的一名特工，她相貌出众，处事冷静，在他们前往亚马孙丛林的那次探险中，她已多次证明了自己的实力。但这并不代表耶格已经摸清了她的底细，或者对她完全放心。

奇怪的是，耶格渐渐开始信任她、依靠她。尽管她的举止有时让人尴尬，有时甚至让人抓狂，但她以自己的方式证明她就像拉夫一样可靠。她不愧是一个面不改色、工于心计、无人能及的致命杀手。

如今，纳洛芙住在纽约，并入了美国国籍。她告诉耶格，她与一些耶格不知底细的国际机构合作，但她单独行动。这些具体情况，耶格还有待查实。虽然有点不明不白，但正是纳洛芙的人资助了目前的行动：营救莱蒂西亚·桑托斯。现在耶格只顾得上这件事。

此外，纳洛芙与耶格的家庭有着说不清道不明的关系，特别是与他已故的祖父威廉·爱德华·泰德·耶格。第二次世界大战期间，泰德祖父曾在英国特种部队服役，这激发了耶格从军的念头。纳洛芙说她把泰德当成自己的祖父，如今要以他的名义作战，纪念他。

耶格想不明白，因为他从未听家里任何人，包括泰德祖父提起过纳洛芙这个名字。在他们的亚马孙丛林探险结束时，他发誓要从她那里得到一些答案，解开她身上的谜团。但眼下救人任务是重中之重。

有了纳洛芙的人以及他们在古巴的线人，耶格的团队得以追踪到莱蒂西亚·桑托斯被关押的地点。他们得到了许多有用的情报，顺便还得到了弗拉基米尔本人的详细样貌特征。

但令人担忧的是，就在前几天，莱蒂西亚被转移了，从一个戒备松散的别墅转移到了这个偏远的近海岛屿。警卫数量加倍，耶格担心如果她再次被转移，他可能会完全失去她的踪迹。

C-130 机舱里的第四个人是装卸员，他用绳子把自己紧紧地固定在机身的一侧，这样就可以在舱梯上停留，不会被汹涌的气流卷走。他捂住耳机，听着飞行员发送的口令。他点头表示收到，站起身来，用五根手指在他们面前示意：还有五分钟起跳。

耶格、拉夫和纳洛芙站起身来。眼下的任务要取得成功，有三个要素：迅捷之速（Speed）、攻势凌厉（Aggression）、惊人一击（Surprise），简称"SAS"，这是特种部队作战人员的非官方口号。正因如此，他们的脚步必须敏捷，在岛上行动要迅速无声。因此，他们的装备越简单越好。

除了低空跳伞装备，他们每名队员都携带了一个背包，里面装有科洛科尔 –1、爆破器材、水、应急口粮、一个医疗包和一把锋利的小斧头。其余的空间则装满 CBRN 防护服和防毒面具。

耶格刚去部队服役时，防护重点主要为 NBC：核（Nuclear）武器、生物（Biological）武器和化学（Chemical）武器三种类型。现在则是 CBRN：化学（Chemical）武器、生物（Biological）武器、放射性（Radiological）武器和核（Nuclear）武器，新的术语反映了新的世界秩序。在一个恐怖组织肆虐的支离破碎的世界里，生化战争，或者说更严峻的恐怖主义是新的头号敌人。

耶格、拉夫和纳洛芙各携带了一把西格绍尔 P228手枪，配有加长的二十发弹匣，外加六匣备用子弹。与此同时，每个人都备有一把刀。纳洛芙的是一把费尔贝恩－赛克斯突击格斗刀，十分锋利，是一种近距离格斗武器。这种武器别具一格，是"二战"时发给英国突击队的。纳洛芙对这把刀的情结，对耶格来说是另一个谜团。

但今晚，没有人打算用子弹或刀来对付敌人。他们越悄无声息、干净利落越好。让科洛科尔－1这个无声的利器来完成它的使命。

耶格看了看手表，还有三分钟起跳。"准备好了吗?"他喊道，"记住，毒气需要足够的时间释放。"

队友对他点点头，竖起了拇指。拉夫和纳洛芙是绝对的行家，耶格没有察觉到他们有丝毫的紧张。不过，他们怎么说还是以一敌十，但他认为科洛科尔－1让他们稍微增加了一些胜算。当然，没有人喜欢使用毒气。但有时，正如纳洛芙所说，要以毒攻毒。

然而，当耶格准备跳伞时，他感到了隐隐担忧：低空跳伞时，没人能保证不出意外。

在特种空勤团服役时，耶格花了大量时间试验尖端的航空设备。联合空运处是负责研发詹姆斯·邦德式空降技术的秘密机构，通过与这个机构合作，他挑战过从极限高度一跃而下。

但是最近英国军方另辟蹊径。一改从地球大气边界层起跳的惯例，让伞兵在接近零的低空高度往下跳，并安全着陆。

理论上，低空跳伞的起跳高度为二百五十英尺，所以飞机可以避开雷达。简单来说，这能使部队神不知鬼不觉地飞临敌方领域，因此他们才在今晚的任务中使用这个方案。

由于降落伞需要在短时间内展开，所以伞面要又平又宽，这样才能最大限度地利用风。但即便如此，它仍然需要一个火箭助推器，以便在伞兵落地之前，让降落伞完全展开。火箭助推器本质上是一个将降落伞发射到高空的装置，即使如此，仍然只有不到五秒钟的时间来减缓下降速度并着陆。

那容不得分毫差池。

但同样，敌人也来不及发现你，无法阻止你安全降落到地面或海中。

起跳提示灯闪起绿光，要起跳了。

在短短几毫秒中，耶格、拉夫和纳洛芙从 C-130 敞开的舱梯俯冲下去。他们像棍子一样直挺挺的身体被吸进了呼啸的风洞。耶格觉得自己像个布娃娃，在巨大的风洞里翻着跟斗。在他身下，他只能辨认出翻涌的海洋越来越近，下降的速度极快，几秒钟后他就要落入大海了。

很快，他就启动了火箭助推器，突然间，他觉得自己好像被一枚呼啸的导弹牵引着，冲上了天空。过了一会儿，火箭助推器熄火，降落伞在他头顶的暗夜中高高绽放。

在火箭助推器蹿到顶点的瞬间，降落伞猛地一震，兜住了风，膨胀起来。耶格的胃感到一阵恶心……接着，他发现自己正缓缓地向汹涌的大海飘去。

当他的脚落进水里时，耶格按下快速释放装置，抛掉了笨重的降落伞。当时的洋流是东南方向，降落伞会顺着洋流流到大西洋的开阔水域，不会留下任何痕迹。

这正如耶格所愿，他们需要来无影去无踪。

很快，C-130 大力神运输机便消失了，它那幽灵般的身影被空荡荡的黑夜吞没了。此时此刻，呼啸而过的黑暗笼罩着耶格，他只能听到海浪的咆哮声，只能感觉到加勒比海暖流的冲击和拖曳，嘴巴和鼻孔里都是强烈的海腥味。

他们每个人的背包里都有一层防水皮囊内衬。有了这个防水的黑色隔层袋，沉甸甸的背包就变成了临时的漂浮装置。三个人抱紧身前的背包，用脚打水，向海岸线上参差错落的棕榈树游去。他们开始冲进汹涌的巨浪。几分钟后，他们就登陆了，拖着湿透的身体爬上沙滩，躲进了最近的隐蔽处作掩护。

他们在暗处潜伏了五分钟，用锐利的目光认认真真地扫视周围。

如果他们从那架 C-130 大力神运输机上降落时有人发现了他们，那么现在就会现身出击。但是耶格什么也没看见。这里没有异常的噪声，没有奇怪的动静，似乎根本无人问津。除了海浪拍打洁白沙滩时发出的有节奏的声响，周围一片寂静。

即将到来的袭击行动让耶格感到肾上腺素飙升。是时候行动了。

他拿出一台小巧的佳明牌卫星定位装置来确定自己的位置。飞行员投错位置的情况屡见不鲜，何况今晚的飞行员有更多的理由这么干。

确认了坐标，耶格拿起一个微型发光指南针，测量了方位，示意队友前进。纳洛芙和拉夫跟在他身后，悄无声息地走进森林。这些久经沙场的专业人士之间不需要言语交流。

三十分钟后，他们穿越了大片荒芜的陆地。小岛上覆盖着茂密的棕榈树丛，其间点缀着齐肩高的象草，这意味着他们可以以此为掩护，像幽灵一样穿行，不被发现。

耶格用手势示意大家停下来。根据他的计算，他们距离莱蒂西亚·桑托斯被关押的别墅建筑群还有不到一百米。

他蹲下身子，拉夫和纳洛芙围了过来。

"穿上防护服。"他低声说。

像科洛科尔–1这样的毒气带来的威胁有两种：一，直接吸入它会中毒；二，通过像皮肤一样的多孔膜来吸收也会中毒。他们使用的是猛禽–2防护服，是由一种超轻材料制成的加强型号，内层有活性炭微粒，可以吸收任何可能在空气中飘浮的毒气。

猛禽号防护服很闷热，会让人觉得喘不过气，耶格庆幸他们是在夜深人静的时候穿上的，这个时候古巴的空气是最凉爽的。

他们还配备了最先进的阿冯 FM54 防毒面具，以保护面部、眼睛和肺。这是顶级的装备，有一个防火面罩，紧贴脸部、弹性好。

即便如此，耶格还是讨厌戴这些防毒面具。他喜欢无拘无束，讨厌被关押、被围困、被束缚。

他心一横，低头把防毒面具戴在脸上，确保橡胶皮与他的皮肤贴合，以防漏气。他拉紧了固定的带子，面罩贴得更紧了。

他们每个人都有根据自己脸型量身定制的面罩，莱蒂西亚·桑托斯只能用宽松的逃生面罩。这种面罩尺寸是通用的，但足够在高浓度的有毒气体中提供有效的保护。

耶格把手放在面具的滤网上，猛吸了一口气，把面具拉得更紧，以确保密封良好。他吸了几口气，听到怪异的呼吸声在他耳畔轰鸣。

检查过面具后，他又穿上笨重的橡胶套靴，将CBRN防护服的帽子戴在头上，拉上套在面具周围的松紧带。最后，戴上薄薄的棉手套，再加一副厚厚的橡胶手套，加倍保护双手。

现在，他的视野只能看见面具护目镜前的那一片地方。笨重的滤毒罐固定在左胸前，以防挡住视线。这种封闭环境带来的恐惧感慢慢向他袭来。

必须速战速决。

他对嵌在面罩橡胶条里的微型麦克风说："测试麦克风。"麦克风始终是打开的，说话时不需要按任何按钮。他的声音听起来怪异低沉，鼻音很重，但至少短程无线电对讲机让他们能够在眼下的行动中保持联系。

"确认。"拉夫回答。

"确认……猎人。"纳洛芙补充说。

耶格笑了笑。"猎人"是他在亚马孙丛林执行任务时获得的昵称。

在耶格的示意下，他们一头扎进了夜色中。不久，他们发现目标建筑的灯光在树林中闪烁。他们穿过一片荒地，一直走到别墅的正后方，和别墅中间只隔了一条狭窄的土路。

在树丛的掩护下，他们观察着目标建筑。这栋建筑笼罩在探照灯的强光中。这种情况下，没必要使用夜视设备。强光还会使这种设备过载，把他们周围的环境变成白茫茫的一片。

尽管晚上很冷，但防护服和防毒面具里又闷又热。耶格可以感觉到汗水从他的额头上滴下来。他把戴着手套的手伸进面罩的护目镜里，擦拭汗珠。

围墙高耸，只能看见别墅二楼的窗户都是亮着的。耶格看到一个人影时不时地来回走动。不出所料，弗拉基米尔的人一直在密切监视。

他注意到几辆四驱越野车停在围墙边。他们得让这几辆车无法开动，以防有人借此追赶。他抬头看了看别墅的屋顶。显然，那是布设岗哨的好地方，但他没有察觉到任何动静，看来无人值守。然而，如果有通道可以通往屋顶，他们打掩护就会成为问题。

耶格对着嘴边的麦克风发布指令："开始行动。但要小心屋顶。另外，破坏那几辆车。"

另一头传来两人肯定的答复。

耶格带领他们冲过无障碍的小路。在车前停了下来，用装有动作感应触发器的手榴弹设下了诱杀装置。如果有人试图开走任何一辆车，就会引爆炸药。

拉夫独自行动，直奔电路主线。他会用一个小型破坏装置，向别墅的电力系统输送强大的电流，烧毁保险丝和照明设备。弗拉基米尔肯定配有一台应急发电机，但是那无济于事，因为电路会被烧毁。

耶格瞥了纳洛芙一眼。他把手掌放在头顶，这是"跟我上"的意思。然后他站起来，匆匆跑向别墅的前门，他只觉得脉搏在耳畔怦怦作响。

他们此时此刻是最容易暴露的，因为他们正准备爬上高墙。耶格慢慢地绕过拐角，走到前门的一边。片刻之后，纳洛芙来到了他的身边。

"就位。"他对着无线电麦克风说。

"收到，"拉夫低声回答，"断电。"

刹那间，别墅内部传出一阵噼里啪啦的声响和砰砰声。

在一阵电光中，整个建筑群突然陷入黑暗。

第 三 章

出其不意

耶格托住纳洛芙的腿，把她往上推。她伸手去够墙头，使劲爬了上去。然后她俯下身去拉耶格。短短几秒钟，他们就进入了围墙内。

四周一片漆黑。

爬墙的片刻，耶格已经听到大楼里有人在闷声闷气地嚷嚷。

前门打开了，一个人影跌跌撞撞地走了出来，一道手电筒的光扫过漆黑的院子，映出他手里握着的突击步枪。耶格愣在原地。他看着那个身影走向院子角落里的一个棚子——那很可能是备用发电机房。

当那个身影走进去的时候，耶格正要冲上前去，纳洛芙拍了拍他的肩膀。他紧贴别墅门的一边，纳洛芙闪身到了另一边。耶格从他的背包里拿出一个罐子，同时又拿出一把小手斧。

他瞥了一眼对面的纳洛芙。

她竖起大拇指。

她的眼神像冰一样冷峻。

耶格抓住罐子的保险销，一旦他抽出拉环，就会喷出毒气。他们现在已经没有退路了。

他轻轻地抽出了拉环，但手指却握紧了保险手柄。只要他一松手，弹夹就会弹开，罐子会立刻释放毒气。

"就位。"他通过麦克风轻声说。

"就位。"拉夫回应。切断了别墅的电力供应之后，这个高大的毛利人绕到了别墅后方，这是进出别墅的另一条路。

耶格一咬牙，说："丢进去。"

他举起斧头砸向窗户。别墅里一片黑暗，人们东奔西窜，玻璃破碎的声音淹没其中。他收回斧头，把毒气罐丢了进去，保险手柄砰的一声弹开。

纳洛芙在他对面，做出相同举动，砸碎窗户、扔进罐子。

耶格嘴里计算着时间。三，四，五……

透过破碎的玻璃，他听到刺耳的咝咝声，是毒气罐在涌出呛人的毒气。科洛科尔 –1 开始起效，里面的人喘息干呕，惊慌失措，乱作一团。

突然，咳嗽声和轰鸣声同时在耶格背后响起，发电机启动了。那个人走了出来，检查电力是否已经恢复，但所有的地方仍是漆黑一片。他拿着手电筒照来照去，试图找出停电的原因。

耶格要在短时间内把他解决掉。他从胸前的枪套里掏出他的西格绍尔手枪。现在这把手枪变了模样：更长，枪管更重。他、拉夫和纳洛芙各自在枪的尾部安装了一个枪械消音器，还在弹匣里装了亚音速子弹——这种子弹的速度比音速慢，这样就可以避免子弹飞行时产生响声。

子弹的重量更重可以弥补速度的不足，综合效果就是：开枪几乎无声，且具有同等杀伤力。

　　耶格举起了西格绍尔 P228 手枪，但还没等他开火，一个熟悉的身影从黑暗中闪现，发出了啪啪两声，重新瞄准，又是啪的一声。原来是拉夫速度略快，抢先一步开了枪。

　　十，十一，十二……耶格心里还在继续数秒，等待科洛科尔 -1 发挥作用。

　　有那么一瞬间，他突然在想别墅里面会是一片怎样的场景。必定是一片漆黑、一片混乱。然后里面的人吸入第一口科洛科尔 -1，全身打起冷战。人们一个个惊慌失措，想要弄清楚发生了什么，接着气体灼烧喉咙，钻进肺部，更难受的感觉袭来。

　　耶格切身体验过，知道这种气体对人的影响，毒气吸进体内，痛苦难耐。你也许能逃过一劫，但永远不会忘记那个滋味。

　　在这可怕的一瞬间，他仿佛又回到了威尔士山上，一把刀划破了他帐篷的薄帆布，一个喷嘴伸了进来，喷出了一团令人窒息的气体。他看到有人伸手抓住他的妻子和孩子，把他们拖到外面的黑暗中。他试图站起来反抗，去救他们，但科洛科尔 -1 刺痛了他的眼睛，他的四肢也无法动弹。

一只戴着手套的手野蛮地抓住他的头发，让他的脸朝上，迫使他看着面具后面充满仇恨的眼睛。

"把这一刻印在你的脑海里，"那个人从牙缝里蹦出几句话，"你的妻子和孩子，他们在我们手里。记住：你连爱的人都保护不了。"

虽然戴着面具，面容扭曲，但耶格记住了那个恶毒、充满仇恨的声音，不过他怎么也无法确定这个折磨他的声音是谁的。他记住了这个人的声音，却不认识他，这种痛苦让他备受煎熬。

耶格强行使自己回过神来，提醒自己他们正在用毒气攻击敌人。他目睹了他的队员在亚马孙丛林遭遇的恐怖残杀，其中包括可怜的莱蒂西亚·桑托斯。当然他也希望在这里找到一些有关妻儿的线索。

现在的每一秒都很宝贵。十七，十八，十九，二十！

耶格后退了几步，抬起腿，用靴子狠狠地踹门。结实的热带硬木门几乎纹丝不动，但廉价胶合板门框裂了，门连同着铰链被踢开了。

耶格杀入黑暗的室内，手上的西格绍尔手枪已经准备就绪。他用装在枪管下的手电筒扫了一遍室内。只见空气中弥漫着一层黏腻的白雾，在灯光下飘荡。里面的人在地板上扭动着，用手挠脸，恨不得要抠开自己的喉咙。

没有人注意到耶格。他们的眼睛被毒气弄瞎了，身体像着了火似的。

耶格往房间里面走去。他俯下身，看了看脚下打滚的人。又用靴子把另一个人的身体翻转过来，仔细地看了看脸。

莱蒂西亚·桑托斯不在其中。

他的手电筒照到了一团呕吐物，一个身影在暗处打滚。这味道让人恶心，但耶格戴着防毒面具，闻不到这种异味。

他硬着头皮继续前进，让自己忘却恐惧。他必须继续专注于自己的目标：找到莱蒂西亚。

他穿过这团阴森的、让人辨不清方向的气体，手电筒照到了这恐怖白色气体的源头——一枚科洛科尔-1正在喷出最后一缕毒气。随后，他走到了房间的后面，面前有两段楼梯：一段往上，另一段往下。直觉告诉他莱蒂西亚被关押在地下。

他在怀里摸了摸，拿出了第二个罐子。但当他拔下拉环，准备扔下楼梯时，一阵突如其来的压抑感袭来，像是给他的胃来了一拳。他觉得自己动不了了，思绪停留在了山坡上的那一刻，挥之不去。

在这样的突袭行动中，讲究的是保持进击的势头。但一阵阵恶心搅弄着耶格的胃，让他直不起腰。他觉得自己又回到了那顶帐篷里，沉浸在无法保护自己妻儿的悲伤里。

他的四肢似乎完全僵住了。

无法把毒气罐投出去。

"扔进去！"纳洛芙喊道，"扔进去！桑托斯就在里面！把那个该死的罐子扔进去！"

她的话震醒了麻木的耶格。他靠着坚强的意志力，努力恢复神志，把毒气罐扔了进去，把它远远地扔进了黑咕隆咚的地下室。几秒钟后，他重重地走下台阶，用武器扫视着面前的区域，纳洛芙紧随其后。

他在精锐部队服役的那些年里，清扫面前的障碍是他们训练中的重中之重。这个过程讲究的是迅速、天赋和直觉。

楼梯一左一右连接着两扇门。耶格向右，纳洛芙向左。他拔出了第三罐科洛科尔–1的保险销，伸脚一踢，把门踢开，把罐子扔了进去。

毒气开始释放，一个身影喘着粗气，骂骂咧咧、跌跌撞撞地朝他走来，耶格听不懂他在说什么。那个人开了火，用他的武器疯狂扫射，但他被毒气弄瞎了眼睛。过了一会儿，他身子倒地，双手抓住喉咙，开始大口喘气。

耶格走进房间，靴子踩在弹壳上嘎吱作响。他快速扫视，可惜没有看到莱蒂西亚·桑托斯的身影。正要离开时，他突然觉得，这个地方似曾相识。

总之，他以前在哪儿见过。

随后他突然想起来了。绑架桑托斯的人通过电子邮件给耶格发来了她被囚禁的照片，以此来折磨耶格。照片里，她手脚被绑，全身伤痕累累，跪在一张又破又脏的床单前，上面潦草地写着：

还我们的东西。

未来是属于我们的。

那些字看起来像是用血写的。

那条床单此刻被钉在耶格眼前的墙上。地板上是囚禁时留下的残骸：一张肮脏的床垫、一个装排泄物的桶、几根磨损的绳子和几本折角的杂志，还有一根棒球棍，显然是用来折磨桑托斯，让她屈服的。

耶格认出的不是这个房间，而是这些囚禁和折磨莱蒂西亚·桑托斯的工具。

他猛地转过身。纳洛芙已经检查了对面的房间，仍然没有找到桑托斯。他们把她带到哪里去了？

他们在楼梯下停了一会儿，浑身都是汗，大口地喘着粗气。一人手里拿着一个毒气罐，准备继续前进。他们必须一鼓作气。

他们迈着沉重的脚步，一边爬上通向屋顶的楼梯，一边扔出更多的毒气罐，分头去找人，但整层楼似乎都是空的。几秒钟后，耶格的耳机里传来一阵咝咝声，随后听到拉夫的声音。

"后面有楼梯通向屋顶。"

　　耶格转身，穿过弥漫的毒气，朝着屋顶方向冲了上去。只见拉夫站在一段破旧的金属梯子底部，他的上方，是一扇打开的天窗。

　　耶格没有丝毫犹豫就开始往上爬。直觉告诉他，莱蒂西亚肯定在上面。

　　接近天窗口时，他关闭了手枪上的手电筒。月光很亮，可以看清楚，而且手电筒的光会使他暴露，成为目标。他一只手攀住梯子慢慢向上爬，另一只手随时准备射击。没有必要在这里释放毒气，它在空旷地带毫无作用。

　　他蹑手蹑脚地爬上最后几级梯子，纳洛芙紧随其后。然后他从天窗口探出脑袋和肩膀，环顾四周，寻找敌人。他一动不动地站了片刻，仔细观察，侧耳倾听。

　　最后，他迅速地跳上了屋顶。这时只听到一声巨响。在这样相对寂静的环境中，这声音简直震耳欲聋。一台破旧的电视机被扔在屋顶中央，后面堆放着一堆旧家具。

　　一张破椅子打翻在地，一个人影从掩体后面举起武器。

片刻之后，是一阵激烈的交火。

耶格弯着身子卧倒在地，用手枪瞄准了目标。子弹打在混凝土屋顶上，四处飞溅。他必须立即干掉对方，不然就死定了。

他瞄准枪口的火星，一连开了三枪：啪！啪！啪！这样的较量，关键在于快速准确地射击。

这是杀戮地带的生死比拼。在这儿，生死界限就在分毫之间。稍有不慎，则会满盘皆输。而耶格瞄得更快更准。

他换了个姿势，蹲下来，扫视着四周。纳洛芙和拉夫从楼梯井里跳了出来，伏在他的两侧，耶格猫着腰踮着脚尖往前走，前脚掌保持着完美的平衡，就像一只猫在跟踪猎物。他用枪扫射了那堆破家具。敌人多半在那儿，他再清楚不过。

突然，一个人影跳了出来，开始逃跑。耶格瞄准了眼前这个人，握紧枪准备射击，因用力过猛指节都发白了。这时，他意识到那是一个女人，一个黑头发的女人。莱蒂西亚·桑托斯，一定是她！

他看见还有一个人影追在她后面，根据身影判断，追她的人手里握着一支枪。这是绑架她的人，随时会杀她灭口，但两人离得太近，耶格无法开枪。

"把枪放下！"他大叫，"把枪放下！"

FM54防毒面具里有一个内置的扩音设备，就像一个大喇叭，让他发出的声音听起来很奇怪，像机器人一样。

"放下武器！"

那个枪手即刻反应，用一只有力的手臂勒住了女人的脖子，将她逼向屋顶边缘。耶格拿枪指着他们，步步紧逼。

耶格头戴防毒面具，身穿防护服，体形是平常的两倍。他猜莱蒂西亚认不出戴面具的他，也辨认不出从扩音设备中传出的他的声音。

此人是敌是友？

她没有办法知道。

她害怕地后退了一步，那个坏蛋拼命想控制住她。屋顶的边缘就在他们的背后。他们无路可退，无处可逃。

"放下武器！"耶格重复，"把该死的枪放下！"

他双手握着西格绍尔手枪，手臂紧紧地抵在自己的身体上：消音器往往会使枪管中的气体回流到射击者的脸上，所以要尽可能保持稳定的持枪姿势，来抵消枪的后坐力，这非常重要。他盯着那个坏蛋，拨下了手枪保险，食指扣在扳机上——但他不敢贸然开枪。光线微弱，他瞄不准自己的目标，笨重的手套也使射击变得更加困难。

那坏蛋把自己的手枪抵在莱蒂西亚的喉咙处。

双方僵持不下。

耶格感觉到纳洛芙在他背后靠近。她也用长管西格绍尔 P228 手枪瞄准了目标。她的手依旧稳如磐石，人也像往常一样沉着冷静。她向前一步，站在他的前面，耶格飞快地看了她一眼。但她没有回应，也没有任何反应，只是死死地盯着西格绍尔的瞄准器。

但她的侧影似乎有些异样。

原来纳洛芙扯下了防毒面具，挂在身上，戴上了一副 AN/PVS–21 夜视镜。一道怪异的绿色荧光照亮她的面容，她还脱下了手套。

顿时，耶格惊恐万分，他清楚了她的用意。

啪！啪！啪！

纳洛芙扣动了扳机。

她开枪了。

标准军用九毫米西格绍尔子弹的重量为七点五克，纳洛芙发射的三颗亚音速子弹，每颗都重了两克，每秒的速度慢了一百米，但仍然只需要一瞬间，即可击中目标。

这三枪打烂了那个坏蛋的脸，将他逼退，他往后一仰，直挺挺地摔下了屋顶。这枪法真棒。谁知他摔下去时，手臂仍然死死地勒在女人的脖子上。

随着一声刺耳的尖叫，两个人影都从视线中消失了。

屋顶离地面足足十五米。耶格狠狠骂了一句："该死的纳洛芙！"

他转身向楼梯井跑去，咚咚地爬下梯子，科洛科尔-1喷出的毒气像迷雾一样缭绕在他的膝盖处。他跳下最后一级金属梯，沿着走廊狂奔，然后又咚咚咚地跑下楼梯。他跨过地上的人，冲出被撞碎的门，向右迅速绕过别墅的拐角，突然猛地停了下来，只见两个人影瘫倒在地上。

那个坏蛋头部中了三枪，当场死亡，莱蒂西亚的脖子看起来似乎也摔断了。

耶格又骂了一句，事情就这么被搞砸了？都怪纳洛芙乱开枪，愚蠢至极。

他俯下身，看着莱蒂西亚扭曲的身体。她脸朝下，一动不动地趴着。他把手放在她的脖子上，检查她的脉搏。毫无动静。他浑身发抖，简直不敢相信：身体还是热的，但她已经死了，真是怕什么来什么。

纳洛芙出现在他身边，耶格抬头看了她一眼，眼中燃烧着怒火。"瞧你干的好事。你——"

"你凑近再看看。"纳洛芙插话，声音一如既往地冷酷、平淡无情，这让耶格感到非常不安。"仔细看看。"

她向前伸出手，抓住女子的头发，粗暴地把她的头向后一甩。没有一丝一毫对死者的尊重。

耶格盯着那张苍白的面孔。的确是个拉丁裔女人，但不是莱蒂西亚·桑托斯。

"怎么回——"他说。

"我是个女人，"纳洛芙打断他说，"我认得出来，这是另一个女人的体型和步态。这个人不是莱蒂西亚。"

有那么一瞬间，耶格好奇，纳洛芙是否会因为这个神秘的俘虏而感到一丝悔恨，至少是因为她的那三枪，才让她掉下屋顶的。

"还有一件事，"纳洛芙一边说着，一边把手伸进那个女人的夹克里，掏出一把手枪，举到耶格面前，"她们是一伙的。"

耶格呆住了。"天哪。屋顶上那一出，都是演戏啊?!"

"是的，为了引我们入圈套。"

"你怎么知道的?"

纳洛芙盯着耶格。"我看到她身上鼓起了一个包，是枪的形状。但最重要的是——本能和直觉，军人的第六感。"

耶格摇了摇头，想要理清思路。"可是——莱蒂西亚到底在哪儿?"

突然灵光一闪，他对着麦克风喊道:"拉夫!"这个壮硕的毛利人还在别墅里，查看是否有存活者，寻找线索。"拉夫! 你抓到弗拉基米尔了吗?"

"是的。抓到了。"

"他能说话吗？"

"可以的，刚刚开了口。"

"好。把他带过来。"

三十秒后，拉夫从别墅里出来了，魁梧的肩膀上还扛着一个人。他把那人扔在了耶格的脚边。

"是弗拉基米尔——至少他自己是这么说的。"

这个绑架团伙的头目明显表现出中了科洛科尔-1毒气的症状。他的心率下降，情况危险，呼吸缓慢，肌肉异常地松弛无力，皮肤冰冷黏湿，嘴巴干涩。

他刚刚经历了第一阵眩晕，这意味着呕吐和抽搐很快就会随之而来。趁这个家伙还能动，耶格需要找到一些答案。他从怀里抽出一支注射器，举在这个人的面前。

"听好了，"他警告说，声音从面具的扩音器中传出，"你中了沙林毒气，"他撒了一个谎，"对神经毒气了解吗？你会死得很惨，只剩下几分钟了。"

那人惊恐地瞪大了眼睛。很明显，以他的英语水平能听懂耶格在说什么。

耶格晃了晃注射器。"你看到了吗？这是解毒剂。

给你注射了这个，你就能活下来。"

那人挣扎着，想要去抢注射器。

耶格用脚踢了他一下。"好了，回答我下面的问题。人质莱蒂西亚·桑托斯在哪里？你回答我，我就给你这一针。否则，你就死定了。"

那人剧烈地抽搐，涕泗横流，但还是颤颤巍巍地举起手，指向别墅。

"地下室。地毯下面。关在里面。"

耶格举起注射器，一针扎进了那人的手臂。其实科洛科尔－1不需要解毒剂，注射器中是无毒的盐水。只要在户外待上几分钟，他就能活下来，但要想完全恢复，还需要几个星期的时间。

纳洛芙和耶格直奔地下室，留下拉夫盯着弗拉基米尔。来到地下室，耶格的手电筒照见了一块色彩鲜艳的拉丁风格地毯，这块地毯铺在光秃秃的混凝土地板上。他将地毯拖到一边，下面露出了一扇沉甸甸的铁门。他使劲拉把手，但门纹丝不动，肯定是从里面上的锁。

他从背包里掏出了一卷用于定向爆破的炸药，把它展开，露出了胶带，然后在门后选了一个点，把炸药贴在门缝上。

"炸药一爆，就把毒气罐丢进去。"他指挥道。

纳洛芙点点头，准备好了一罐科洛科尔 -1。

他们隐蔽起来，耶格点着了引线，瞬间发生了剧烈的爆炸，浓烟在空气中翻涌，铁门被炸成了一片废墟。

烟雾弥漫，纳洛芙把毒气罐扔了进去。耶格数着秒，好让毒气有足够时间发挥效力，然后才钻进去，往下一跳。他跳到地上，膝盖跪倒在地，立即用枪瞄准，用附在枪上的手电筒扫视房间。透过空气中的浓雾，他看见地板上有两个昏迷的人。

纳洛芙紧跟着跳了下来，耶格用手电筒照了照那两个昏迷的人。"过去看看。"

纳洛芙上前查看，耶格则顺着墙壁，走向房间的后面，那里有一个小壁龛，里面装着一个沉重的木箱。他用戴着手套的手拉了一下把手，但箱子是锁着的。

现在已经没有时间去找钥匙了。

他双手抓住把手，一只脚蹬着箱子，绷紧肩膀的肌肉，用尽全力猛地一拉。"啪"的一声，箱盖从铰链上掉了下来。耶格把箱盖扔到一边，用手电筒往里照。

箱子里面有一个大包裹，外面裹着旧床单，看不出是什么东西。他伸手把包裹拎了出来，这重量像是包着一个人。他轻轻地将它放在地板上，掀开床单，里面露出了莱蒂西亚·桑托斯的脸。

终于找到她了。可惜她现在意识不清。通过她面目全非的脸可以想到，过去这些天，弗拉基米尔一伙人对她施以了惨无人道的折磨。耶格甚至不敢想象他们对她做了什么。庆幸的是她现在还活着。

在他身后，纳洛芙正在检查倒在地上的第二个人，确认他已经死亡。和弗拉基米尔的许多枪手一样，这名枪手也身穿防弹衣，毫无疑问他们是一群精良的专业人员。

当她推动这个笨重的躯体翻身时，手电筒照到他身下压着一个什么东西。是一个金属材质的球体，大约一个人的拳头大小，外表面被分割成几十个小正方形。

"手榴弹！"

耶格猛地转过身来，顿时意识到了危险。这是枪手设下的一个陷阱。他认为自己必死无疑，就拔下了手榴弹的保险销，将手榴弹放在自己的身下，靠身体的分量压住弹夹。

"隐蔽！"耶格喊道，接着一把抱起莱蒂西亚，冲向壁龛躲避。

纳洛芙没有听他的，猛地把那人翻了回去，压住手榴弹，然后自己扑在他的身上，用自己的身体挡住炸弹。

巨大的爆炸声响起，威力极大，把纳洛芙炸飞了，也将耶格猛地推到壁龛里，头撞在了墙上。

一阵痛苦蔓延到了他的全身……几秒钟后，他的整个世界都变黑了。

第 四 章

另一个猎手

　　耶格向左转，从出口走向伦敦哈利大街，这是伦敦最高档的街区之一。距完成古巴的任务，已经过去了三个星期。他在那栋别墅里受了伤，肢体至今有些僵硬，伤口还疼痛，但他当时只是短暂的昏迷：面具保护了头，没有受更严重的伤。

　　真正受到重创的是纳洛芙。在地下室的封闭环境中，她别无选择，只能扑向手榴弹。她靠枪手的身躯和防弹衣，以及自己的身体挡住炸弹，让耶格有机会带莱蒂西亚躲避。

耶格在百威尔诊所对面刹了车，把凯旋虎摩托车停在摩托车免费停车位上。凯旋虎在车流中也能极速前行，他总能找到空的停车位。骑着两个轮子的车在城市里穿梭是一件乐事。他抖抖肩膀，脱下那件破旧的贝达弗夹克。

空气中弥漫着春天的气息，街道两旁的梧桐树枝繁叶茂。如果他必须住在城市里而非乡野，这正是他一年中最喜爱的时节。

他刚刚得到消息，纳洛芙恢复了知觉，吃了第一顿饱饭。外科医生甚至说，再过不久她就可以出院了。

毫无疑问，纳洛芙没那么容易倒下。

其实，离开那个古巴小岛并非易事。手榴弹爆炸后，耶格渐渐苏醒，跌跌撞撞地站了起来，把纳洛芙和莱蒂西亚·桑托斯拖出了地下室。然后，他和拉夫背着两个女人走出充满毒气的建筑，穿过别墅的庭院逃走了。

这次袭击行动速战速决，但也闹出了很大的动静，耶格不确定岛上是否还有别人听到了枪声。警报很可能已经拉响了，他们的首要任务是离开那里。就让弗拉基米尔和他的手下去向古巴当局解释一切吧。

他们来到附近的码头，绑匪在那里放了一艘远洋充气船。他们将纳洛芙和桑托斯放在船上，启动充气船三百五十马力的强动力双引擎，向东朝着海洋中心地带行驶了一百一十英里，驶向英国特克斯和凯科斯群岛。耶格和岛上的总督有交情，他肯定在等着他们。

一进入公海，耶格和拉夫就立刻帮纳洛芙止血，稳住了她的伤情，并将她的姿势调整好，用一堆救生衣垫在她和莱蒂西亚身下，让她们舒服地躺在充气船的后部。

随后，他们扔掉大部分沉重的装备。武器、CBRN防护服、防毒面具、炸药、科洛科尔–1毒气罐——凡是与此次任务有关的东西，都被抛进了海里。

等到他们登陆时，与军事行动相关的东西一件不剩。他们看起来就像四个出海游玩，遇到了点小麻烦的平民。

他们离开时把用过的科洛科尔–1毒气罐也收集了起来，确保在岛上没有留下任何线索。最后只留下了几十枚无法查询来源的九毫米口径弹壳，就连他们的足迹也被 CBRN 防护服的靴子踩花了。

别墅里装着闭路电视摄像头，但拉夫已经烧毁了电路，断电了。无论如何，耶格不相信戴了防毒面具的他们还会被认出来。

只剩下那三顶降落伞，它们也会随着潮汐漂向大海。

不管耶格从哪个方面考虑，他们的任务都完成得干净利索。

驶过平静漆黑的海洋时，耶格想到他们冲出了杀戮区，自己还活着，队友也活着，心中涌起暖心的愉快感和难以置信的亢奋感。

生命差点被夺走的那一刻，感受是最真实的。

也许正因如此，他的脑海里突然不自主地浮现了一个画面。他想起了露丝——黑头发，绿眼睛，五官清秀，带着凯尔特人的神秘气质；想起了卢克——八岁的他和爸爸长得一模一样。

卢克现在十一岁了，再过几个月就是他的十二岁生日了。他是七月出生的，生日在暑假期间，他们总是想办法在某个特别的地方为他庆生。

耶格在脑海里回忆着关于卢克生日的记忆：在爱

尔兰蛮荒的西海岸，他背着两岁的卢克穿过巨人堤道；卢克六岁生日时，耶格带着他在葡萄牙的海滩冲浪；卢克八岁生日时，耶格带着他徒步穿越勃朗峰的荒原。

但在那之后，记忆突然中断……丢失他们的三年令耶格心寒。儿子每一个不复存在的生日都像是地狱之日，耶格备受煎熬，自从绑匪寄来他妻儿被囚禁的照片，这种折磨更是加倍。

他的电子邮件中收到过露丝和卢克戴着镣铐、跪在绑匪脚下的照片，照片中他们面容憔悴，疲惫不堪，眼睛受噩梦所扰，熬得发红。

自从知道妻儿还活着，被囚禁在某个地方，耶格便一直痛苦绝望、惶惶不可终日，他快被逼疯了。是寻找妻儿，营救他们这个盼头把他从悬崖边上拉了回来。

拉夫操纵着充气船，耶格则使用便携式全球定位系统在漆黑的海洋中寻找方向。他用另一只手解开了一只靴子的鞋带，从鞋垫下取出一样东西。

他打开头顶的电筒，目光停留在那张破损的小照片上，照片里的人也回看着他。不论执行什么任务，在哪儿执行任务，他都随身携带着这张照片。这是他们最后一次全家度假时拍的，非洲狩猎之旅。照片中露丝穿着鲜艳的肯尼亚纱裙，晒得黝黑的卢克穿着短裤，和一件印有"拯救犀牛"的 T 恤，骄傲地站在妈妈的身边。

充气船在黑夜中穿越大海，不管妻儿此时在哪儿，耶格为他们简短祈祷了几句。他心里相信他们还活着，古巴任务让他离找到他们又近了一步。搜查别墅时，拉夫把一台平板电脑和几个电脑硬盘塞进了他的背包。耶格希望能从中发现重要线索。

充气船在特克斯和凯科斯群岛的首府科伯恩镇登陆时，总督按时从官邸打来电话，他已私下协调好，指派了一架配备最先进医疗设施的私人飞机把莱蒂西亚和纳洛芙直接送往英国。

百威尔诊所是一家专属私人医院，医生一般不过问病人的隐私，这就提供了便利，尤其是这两名年轻女性一个中了科洛科尔 –1 毒气，另一个身上有手榴弹碎片。

手榴弹爆炸时，飞溅的弹片击中了纳洛芙，扎穿了她的防护服，因此她也中了科洛科尔 –1 的毒。但在乘坐充气船的长途航行中，新鲜的海洋空气吹散了大部分毒素。

　　耶格在病房里看到了纳洛芙，她倚靠着一撮洁白的枕头。阳光从半开的窗户射进来。

　　整体看来，她的身体状况恢复得不错，只是瘦了些，脸色苍白，眼睛周围还有深深的黑眼圈，身上被弹片击中的地方还缠着厚厚的绷带。距袭击任务才过去三个星期，她就快要康复了。

　　耶格在她床边坐下。纳洛芙一言不发。

　　"你感觉怎么样？"他问。

　　她连看都没看他一眼。"还有口气。"

　　"看起来精神不错。"耶格低声说。

　　"拜托，这是怎么回事啊？我头疼得不行，无聊至极，恨不得快点出院。"

　　耶格只好一笑而过。他想不明白，这个女人怎么让人又好气又好笑。她说起话来语气平淡、毫无表情、一本正经，显得咄咄逼人，然而她的自我牺牲精神和勇敢是毋庸置疑的。她扑到尸体上，用身体挡住手榴弹，救了很多人。他们欠纳洛芙一条命。

　　如此神秘的女人，耶格不想欠她的人情。

　　"医生说你还不能那么快出院，"耶格赶紧说，"得做更多的检查。"

"医生就爱折腾，没人能强迫我躺在这儿。"

虽然耶格急切地想要再次着手这个任务，但他需要纳洛芙健健康康的。

"不着急，慢慢来，心急吃不了热豆腐。"他说。她没听懂。这句话的意思是"欲速则不达"。"安心休养吧，"他顿了一下，又说，"以后有我们忙的。"

纳洛芙哼了一声。"时不待我啊。亚马孙丛林探险任务之后，追踪我们的人放话说要抓住我们。现在他们是铁了心要把我们赶尽杀绝。我怎么有时间躺在这里享清福呢？"

"你半死不活的，能做什么。"

她瞪大了眼睛。"我好得很。时间不多了，你还记得吗？我们在那架战机上发现的那些文件，是关于狼人行动①的。那是第四帝国的蓝图。"

耶格当然没有忘记这件事。

上次亚马孙丛林探险任务结束时，他们偶然发现

---

① 原文为德语，Aktion Werewolf。——编者注

了一架第二次世界大战时期的巨大战机，隐藏在丛林中开辟出的一条飞机跑道上。原来这架战机是要将希特勒手下的一流科学家，还有帝国最机密的、最尖端的奇迹武器①，送到一个战争结束多年后依然可以研发这种可怕武器的地方。

这架战机的发现令人震惊，但对耶格和他的团队来说，真正让人震惊的，竟然是同盟国——主要是美国和英国——资助了这些高度机密的纳粹转移航班。

"二战"的最后阶段，盟军与一大批纳粹高层谈好条件，帮他们逃脱法律的制裁。那时，德国已经不再是他们真正的敌人，斯大林统治下的苏联才是。西方面临着新的威胁——崛起的共产主义和冷战。按照"敌人的敌人就是朋友"这样的老规矩，同盟国竭尽全力地保护了希特勒帝国的一流科学家们。

简而言之，为了保密和安全，纳粹的重要人物和先进技术被不远万里地送到了一个秘密的安全地带。英国和美国各自给这个见不得人的计划取了代号：英国称

---

① 原文为德语，Wunderwaffe。——编者注

之为"达尔文行动"，美国称之为"避风港行动"。但纳粹有他们自己的行动代号，这个代号远比其他的响亮：狼人行动。

狼人行动的时间跨度有七十年，目的是对同盟国实施最终的报复。它是第四帝国崛起的蓝图，其计划是让纳粹首脑打入世界各个大国，同时利用最可怕的奇迹武器达到他们的目的。

在亚马孙丛林的战机上找到的文件揭露了这些秘密。在那次探险任务期间，耶格意识到有另一股可怕的势力也在寻找这架战机，并且他们想永远埋藏它的秘密。

弗拉基米尔和他的人在亚马孙丛林追杀了耶格的团队。沦为俘虏的队员中，只有莱蒂西亚·桑托斯幸免于难，这是为了胁迫和诱捕耶格和他的同伴。但随后，纳洛芙发现了囚禁桑托斯的位置，扭转了局势。因此，他们开展了之前的营救任务，还发现了新的重要证据。

"事情有了新的进展。"跟纳洛芙相处这么久，耶格明白最好无视她的坏脾气，"我们破解了密码，进入了他们的电脑和硬盘。"

他递给她一张纸。上面潦草地写着几行字：

卡姆勒·H

BV222

卡塔维

楚玛·马拉卡

"这些是我们从往来的邮件中挑选出的关键词。"耶格解释，"弗拉基米尔——如果这是他的真名——通过邮件和发号施令的上级沟通，这些词在他们的信件中反复出现。"

纳洛芙反反复复读了几遍。"有意思。"她的语气缓和了许多，"卡姆勒·H。我猜是党卫军将军汉斯·卡姆勒，我们还以为他早就不在人世了。"

"BV222，"她继续说，"一定是布洛姆和福斯BV222——瓦京运输机，'二战'时的一种船身式水上飞机。那家伙很猛，只要是有水的地方，就可以降落。"

"瓦京是指维京①吗?"耶格问。

---

① 瓦京，原文为德语 Wiking，和英语 Viking（维京）意思相同。——编者注

纳洛芙哼了一声。"没错。"

"剩下的呢？"他问，尽量不惹怒她。

纳洛芙耸了耸肩。"卡塔维，楚玛·马拉卡，听起来像非洲的词汇。"

"确实。"耶格表示同意。

"你调查过了吗？"

"调查了。"

"然后呢？"她不耐烦地问。

耶格笑了。"想知道我发现了什么吗？"

纳洛芙皱眉，她知道耶格在开玩笑。"你什么意思？还卖关子吗？"

耶格笑了。"楚玛·马拉卡在斯瓦希里语中意思是'燃烧的天使'，斯瓦希里语是东非的语言。我在那里执行任务时学了一些。还有这个，卡塔维翻译成英语是……'猎人'。"

纳洛芙看了他一眼。她不会忘记这个名字的意义。

耶格从小就相信预兆。他很迷信，尤其是当有些事对他来说有特殊意义的时候。"猎人"是他在亚马孙丛林探险时得到的绰号，这可不是他自己随便取的。

亚马孙丛林印第安部落的阿玛瓦卡人，曾帮助他们寻找那架隐藏的战机。事实证明，他们是最忠贞不渝的朋友。部落首领的一个儿子吉瓦伊胡迪加，为耶格取了"猎人"这个名字，因为耶格曾救过他们，使他们免受灭顶之灾。后来吉瓦伊胡迪加死在弗拉基米尔和他凶残的手下手中，这个名字变得更加珍贵，耶格很珍惜。

现在，在另一片古老的大陆——非洲，另一个猎人似乎正在呼唤他。

第 五 章

追杀开始

　　纳洛芙指了指那张字迹潦草的字条。"把这个交给我手下的人。最后那两个名字，他们肯定更懂。"

　　"你对你手下的人这么有信心，这么相信他们的能力啊。"

　　"他们是最优秀的。绝对是最好的。"

　　"这倒提醒了我。你们都是什么人？你早就该告诉我了，你说呢？"

　　纳洛芙耸肩。"是的。我们的人早晚会来找你的。"

　　"你这是什么意思？"

"招募你，让你加入我们。也就是说，如果你能证明你真的……准备好了。"

耶格板起脸来。"你想说'够格'，是吗？"

"别在意。我怎么想不重要。我也做不了主。"

"你凭什么认为我会愿意加入你们？"

"简单。"纳洛芙瞥了他一眼，"因为你的妻子和孩子，现在我的人可以提供绝佳的机会，帮你找到他们。"

耶格内心涌起一阵苦涩。三年了，寻找亲人是一段地狱般漫长且难熬的时间，尤其是所有的证据表明，他们被一个毫无人性的敌人扣为了人质。

还没等他想出一个合适的回答，手机便振动了，是一条短信。莱蒂西亚·桑托斯的外科医生一直通过短信向他汇报最新情况，他以为这条短信是关于她恢复的情况。

他瞥了一眼这部廉价手机的屏幕。这种即付即用的手机通常是最安全的。如果平时取掉电池，查看短信时暂时装上，那么手机几乎不会被追踪到。不然走到哪儿，手机都会暴露你的行踪。

是拉夫发来的短信，他向来说话言简意赅。耶格点开了信息。

　　　　　紧急。老地方见。看链接。

　　耶格下滑手机屏幕，点击附在消息中的链接。映入眼帘的是一则新闻标题《伦敦编辑部燃烧弹爆炸——疑似恐怖袭击》。下面是一张被滚滚浓烟吞没的建筑物的照片。

　　这张照片给了耶格当头一棒。那是他熟悉的地方——联合电视台，编辑部的剪辑室正在为一档讲述他们在亚马孙丛林探险的电视节目做最后的润色。

　　"哦，我的天哪，"他给纳洛芙看手机，"他们开始行动了，还袭击了戴尔。"

　　纳洛芙不动声色地看了一会儿。迈克·戴尔曾是他们亚马孙丛林探险影片的制作人。作为一名年轻的澳大利亚摄影师兼探险者，他为许多电视频道拍摄过惊心动魄的旅程。

　　"我早就提醒过你。"她说，"我说了会发生这种事。除非我们就此作罢，否则他们会追杀我们所有人。古巴行动后，形势更为严峻。"

耶格把手机塞进口袋，抓起他的贝达弗夹克还有头盔。"我要去见拉夫。你哪儿也别去。我会回来告诉你情况……还有我的回答。"

虽然难掩心中的愤怒，很想发泄一通，但耶格强迫自己骑车时放轻松。这种时候，他不应该自暴自弃，尤其是很可能又失去了一名队员。

起初，耶格和戴尔互不待见，但一起在亚马孙丛林中度过几个星期后，耶格开始尊重他的摄影技术，并珍惜与他的友谊。最后，戴尔成了他的密友。

拉夫所说的"老地方"指的是克拉斯汀·皮普，这是一个酒吧，年代久远，位于伦敦市中心一栋联排别墅的地下室里。低矮的拱形砖顶被烟熏得发黄，脚下散落着一层木屑，像是海盗、亡命之徒、梁上君子聚会的地方。

这种场合正好适合拉夫、耶格和他们的同伴。

耶格把摩托车停在铺着鹅卵石的广场上，穿过人群，三步并作两步迈着石阶来到地下室。他在常去的包厢里找到了拉夫，如你所想，此地隐蔽，适合秘密谈话。

破旧的桌上放着一瓶酒。借着旁边蜡烛的光亮，耶格看到酒瓶已经空了一半。

拉夫一言不发，把一个杯子放在耶格面前，倒上酒。两人举起酒杯，一饮而尽。他们的心情忧郁沉重，都目睹了太多的流血和杀戮，失去了许多朋友和战友，也知道自己一直与死神同行。这是不可避免的。

"快说。"耶格催促。

作为回应，拉夫把一张纸递了过去。"我认识的警察写的案件总结。一小时前拿到的。"

耶格快速看了一下。

"袭击发生在午夜，"拉夫继续说，他的脸阴沉了下来，"这个联合电视台安保严密，因为里面到处都是昂贵的剪辑设备，必须严加保护。可那家伙没有触发任何警报器便进去了，在戴尔和他团队的剪辑室里放了简易爆炸装置。那装置就藏在一堆硬盘中。"

拉夫拿起杯子，喝了一大口。"好像是有人进入剪辑室引爆的，很可能是压力板式爆炸装置。不管怎样，这次爆炸造成了两个后果：第一，销毁了那次探险所有的影视资料。第二，六个钢质硬盘被炸成了碎片。"

耶格直接问："戴尔引爆的？"

拉夫摇了摇头。"不是。戴尔正巧离开剪辑室去拿咖啡了，他准备给团队里的每个人发一杯。他的未婚妻汉娜是第一个进去的，还有一个年轻的接待员。"拉夫心情沉重，顿了一下，"无人幸免。"

耶格震惊地摇了摇头。戴尔剪辑影片的那几个星期，耶格和汉娜也渐渐熟识了。他们还一起出去玩过几个晚上，还有剪辑助理克丽茜，她性格活泼、待人随和，都给耶格留下了深刻印象。

她们都死了，被简易爆炸装置炸成了碎片。这简直是一场噩梦。

"戴尔怎么样？"耶格试探着问。

拉夫看了他一眼。"你觉得呢？他和汉娜本打算今年夏天结婚。他现在都崩溃了。"

"有监控录像吗？"耶格问。

"据说都被删除干净了，干这事的人很专业。虽然我们已经找了人在修复硬盘，不过别抱太大希望。"

耶格给两人的杯子斟满酒。他们一言不发地坐了几秒钟。最后，拉夫伸手抓住了耶格的胳膊。

"你知道这意味着什么吗？猎杀开始了。他们追杀我们，我们寻找他们。不是你死，就是我活。没有别的办法了。"

"有一些好消息，"耶格硬着头皮说，"纳洛芙好多了。她醒了，并且斗志满满。看起来恢复得很不错。而且桑托斯也在慢慢恢复意识。我想她们都能挺过去。"

拉夫向酒保示意要再点些酒，他们要为死去的人干杯。酒保拿着第二瓶酒过来，把标签给拉夫看，拉夫点头表示同意。然后酒保拔下瓶塞，递给拉夫，让他检查一下这瓶酒的好坏。拉夫挥挥手，表示不必拘泥于此。这就是克拉斯汀·皮普。他们对酒从来不马虎。

"弗兰克，只管倒。我们为缺席的朋友干杯。"说完，拉夫又回到与耶格的交谈中，"跟我说说，那位冰美人情况如何了？"

"你说纳洛芙？她可是躺不住，一如既往地跃跃欲试。"他顿了顿，又说，"她邀我去见她的人。"耶格瞥了一眼桌上的那张纸，"经历了这些之后，我认为我们必须得去一趟了。"

拉夫点头。"如果他们能让我们找到凶手，我们应该去。"

"纳洛芙看起来很相信他们。她有十足的把握。"

"你呢？你相信她吗？相信她的同伙吗？不再像当时在亚马孙丛林的时候一样怀疑她了吗？"

耶格耸了耸肩。"她很难被看透。她这人小心谨慎，从不相信任何人。但是我想，加入他们是我们现在唯一的选择。我们需要打探到他们所知道的情报。"

拉夫嘟囔着："我已经听够了。"

"好啦。发消息告诉大家，我们已经被盯上了。告诉他们准备碰头，时间和地点待定。"

"明白。"

"另外还要提醒他们小心。追捕我们的人……稍不留意，就会将我们灭口。"

第 六 章

耗子捕手

春雨轻柔地打在耶格裸露的皮肤上，带来一丝寒意。那种潮湿、阴郁，恰如其分地表达了他的心境。

他站在一片离操场很远的松林里，黑色的骑行裤和贝达弗夹克与外面湿漉漉的景色融为一体。

一声叫喊回荡在他耳边。"接应他！跟上去，艾利克斯！接应他！"

说话的是一位耶格不认识的家长。那人一定是新生家长。不过，耶格已经三年没来过这里了，很多面孔对他来说都很陌生。

别人也一定对他很陌生。

一个局促不安的身影远远地躲在树丛中，露出半个身子，观看着一场小学生的橄榄球比赛，此人看起来对这场比赛并不感兴趣，没有给任何孩子加油。

这个身影就是耶格，他满面愁容、默不作声、心绪不宁。

奇怪的是，没有人报警抓他。

耶格抬头看了看云。乌云低沉，飞快地掠过天际，仿佛在嘲笑那些小小的身影。这些孩子毅然决然地奋力冲向得分线，他们自豪的父亲在一旁为这来之不易的胜利呐喊助威。

耶格一时想不通他为什么会来到这里。

他猜自己也许是想在开始下一个任务——与纳洛芙的人见面之前，先念念旧。至于他们是什么人，他顾不上了。他来到这里——来到这个雨中的操场——因为这是他最后一次见到儿子享受快乐和自由的地方，在那之后，黑暗降临，带走了他的儿子，把耶格也带走了。

他到这里来，就是为了重新获得那种纯粹、璀璨、珍贵的魔力。

他的眼睛扫视着四周，最后停在了舍伯恩修道院，这是一座低矮却雄伟的建筑。一千三百多年来，撒克逊大教堂和本笃会修道院一直守卫着这个历史悠久的小镇，也守卫着培育他儿子的学校。

优秀的教育和传统都凝聚在这里，在这个橄榄球场上体现地淋漓尽致。

"我死？我死？我生？我生？我会死吗？
我会死吗？我会生吗？我会生吗？"

即使现在，耶格仿佛还能听见这标志性的圣歌回荡在操场上，荡漾在他的记忆里。

耶格和拉夫一直是英国特种空勤团橄榄球队的健将，他们曾将对手打得直求饶。哈卡舞是毛利人传统的赛前战舞，一向由拉夫领舞，其他队员站在他的两侧，姿态英勇无比，势不可当。特勤团中有很多毛利人，所以这种赛前舞蹈再合适不过了。

拉夫没有孩子，也不打算结婚。他视卢克为己出，后来便成了学校的常客，还是橄榄球队的名誉教练。学校明面上不允许他们在比赛前跳哈卡舞。但私下里，教练对此睁一只眼闭一只眼——尤其是男孩们连战连胜时。

那古老的毛利人战歌就是这样在舍伯恩修道院神圣的操场上响起的。

"我死！我死！我生！我生！"

耶格目不转睛地看着这场比赛。对方球队又把舍伯恩队的小伙子们打得团团转，没能攻门得分。他和拉夫已经离开三年了，耶格觉得哈卡舞也许不再是他们比赛的开场舞了。

他正要转身离开，走向停在树下的凯旋虎摩托车，突然感觉身边有人。他环顾四周。

"天哪，威廉。我猜就是你。但是你……见鬼。好久不见了。"那个人伸出手，"你怎么样？"

这家伙哪怕化成灰，耶格都能认得出来。这是朱尔斯·霍兰，身材肥胖，龅牙，眼球突出，一头灰白的头发扎着马尾。大家都叫他耗子捕手，或者简称耗子。

两个人握了握手。"我一直……嗯，我一直……

活着。"

霍兰皱了皱眉。"听起来不怎么样。"接着是一阵沉默。"你就这样消失了。那年圣诞节举行七人制橄榄球锦标赛，你、卢克和露丝都来了学校。可新年时，你们都消失不见了。一句话也没留。"霍兰又说。

他的语气痛心疾首，耶格能理解他的意思。在一些人眼中，他们是最不可能成为朋友的人，但随着时间的推移，耶格对他产生了好感。他超凡脱俗、特立独行，而且十分率真。

和耗子在一起，耶格不用藏着掖着——并且一向如此。

那年圣诞节，耶格好不容易让露丝接受了橄榄球运动。在那之前，她一直不愿意看比赛，用她的话说，她不忍心看到卢克"被人欺负"。

耶格理解妻子，但八岁的卢克小小年纪就迷上了橄榄球，还拥有得天独厚的自卫本能，防守时，他像石头一样顽强，像狮子一样奋勇。

卢克的抢断能力非常可怕，几乎没有对手能成功突破。尽管他的母亲很担心，但他把自己的淤青和伤口当作荣誉的象征。他似乎生来就欣赏这么一句话："打不倒你的东西，只会让你更强大"。

那年圣诞节比的是七人制橄榄球，七人制比赛进程更快，不像常规赛会陷入残酷的体能消耗。耶格哄着露丝去看了第一场七人制比赛，她看到儿子跑得像风一样快，还投进了漂亮的一球，就被迷住了。

从那时起，她就和耶格手挽手站在场边，大声呐喊，为卢克和他的球队加油。这样的时刻弥足珍贵，耶格感受到了简单的家庭快乐。

他还录下了一场最艰难的比赛，这样就可以播放给孩子们看，让他们吸取教训，分析如何提高比赛水平。现在，这成了儿子失踪前的最后影像。

在失去儿子之后的这三年黑暗岁月里，他一遍又一遍地重温这些场面。

那年圣诞节，他们一时兴起驱车北上，到威尔士去露营，车里塞满了装备和礼物。露丝热爱大自然，是一个坚定的自然资源保护主义者，他们的儿子也有同样的爱好。他们三个在一起时，最喜欢去野外。

但正是在威尔士的山上，有人从他身边夺走了露丝和卢克。耶格悲伤至极，几近疯狂，中断了与曾经居住地方的所有人的联系，包括朱尔斯·霍兰和他的儿子丹尼尔。

丹尼尔患有阿斯伯格综合征，这是一种自闭症，他是卢克在学校最好的朋友。耶格能想象到突然失去最好的朋友对丹尼尔的影响有多大。

霍兰朝赛场轻轻挥了挥手。"你也看到了，丹①还是个扁平足。像他老爸一样，做什么运动都笨手笨脚的。只有在打橄榄球时，靠着脂肪和肌肉，虽然笨拙但也能带球过人。"说这话时，他瞥了一眼自己的大肚子，"你以前说起我儿子的时候，可是滔滔不绝的。"

"对不起，"耶格说，"发生了一些事情，我们才突然失踪的，也没跟你们联系。"他环视四周的景象，"我猜你可能听说了。"

"听说了一点，"霍兰耸了耸肩，"我能理解。没必要道歉，不用多说了。"

---

① 丹尼尔的昵称。——编者注

　　两人陷入了沉默，彼此心照不宣。靴子踩在潮湿的草皮上发出的沙沙声和赛场上队员父母的呐喊声，打断了他们的思绪。

　　"丹尼尔怎么样了？"耶格先开口，"失去卢克对他来说一定很难过。这两个人以前总是形影不离的。"

　　霍兰德笑了。"我总是说他们志趣相投。"他瞥了耶格一眼，"丹交了一些新朋友，但他经常问我'卢克什么时候回来？'诸如此类的问题。"

　　耶格如鲠在喉，也许来这里是个错误。他的内心一阵翻腾，尝试着换一个话题。"你忙吗？还在经营你的老营生吗？"

　　"比以前更忙了。人一旦有了一些口碑，每个中介和公司恨不得踏破你的门槛。我还是单干，给出价最高的人干活。越多人抢我，我就越值钱。"

　　霍兰的名声以及他的绰号，是在一个风云变幻的领域赢来的——计算机和网络盗版。他十几岁时就入侵了学校的门户网站，把他不喜欢的老师的照片换成了毛驴的图片。

　　他还入侵了英国考试委员会的网站，把自己和同学的成绩全改成了 A。他生性活泼、叛逆，已经升级为黑客，入侵到许多犯罪团伙和黑帮的账户里，提取资金，把钱直接转移到他们对手的账户。

比如，他曾入侵了一个巴西黑手党组织的银行账户，这个组织是在亚马孙丛林从事非法毒品和木材交易的，然后他向绿色和平组织转移了数百万美元。

当然，环保人士不能拿这笔钱。他们不能从自己反对的事情中获利，更不用说非法行为了。但随之而来的媒体报道将这个黑手党组织带到了聚光灯下，加速了他们的灭亡。这件事让霍兰名声大噪。

每一次成功，霍兰都留下了同样的信息——耗子到此一游。因此，他的独家技能引起了那些情报机构的注意。

那时，他发现自己处在一个十字路口，要么上法庭面对大量的黑客指控，要么暗中替好人工作。就这样，他现在是一群情报机构相互争抢的顾问，获得了认可，令人羡慕。

"业务风生水起，真为你感到高兴。"耶格对他说，"永远不要帮坏人做事。一旦你为坏人效力，我们就完蛋了。"

霍兰捋了捋他乱糟糟的头发，哼了一声。"不可能的。"他的目光从橄榄球场转向了耶格，"你知道的，你和拉夫，只有你们俩在体育场上认真对待丹。你们给了他自信，给了他宝贵的机会。他很想念你们，非常想念。"

耶格做了个鬼脸，充满歉意地说："对不起，我的生活一团糟。有很长一段时间，我连自己都无法顾及，不知道你是否明白我的意思。"

霍兰指了指他的儿子，只见那个瘦弱的小伙子正跑上前抢球。"威尔，你看他。还是很差劲，但至少他参与在里面，是球队的一员。那是你们的功劳，你们的馈赠。"他瞥了一眼丹尼尔的脚，然后又抬头看了看耶格，"所以，就像我说的，不必道歉。事实上恰恰相反，我欠你一个人情。如果有用得着我的……特殊服务的地方，你尽管开口。"

耶格笑了，说道："谢谢，我感激不尽。"

"我是认真的。我会不遗余力。"霍兰咧嘴笑着说，"为了你，我可以免去昂贵的费用，无偿帮你。"

第七章

法尔肯哈根

"请问，这到底是什么地方？"耶格小心地问。

探访学校几天后，耶格来到柏林东部某个乡村中一座巨大的混凝土大楼里，这座大楼掩映在密林深处。参加过亚马孙丛林探险任务的队员将从不同的地方前往这里，他是第一个到的。如果全部到齐将会有七个人——其中包括耶格、拉夫和纳洛芙。

耶格的向导一头银发，胡子修剪得很整齐，伸手指着暗绿色的墙壁。两旁的墙壁足足有十二英尺高，封闭的椭圆形隧道很宽，巨大的铁门在两端敞开，头顶有一条矮而宽的管道。这里明显是军用设计，过道里空无一人，令人不安。耶格感到神经紧张。

"要说这是什么地方，这就取决于你是哪国人了。"长者说，"如果你是德国人，这就是法尔肯哈根地下防御工事，取自附近小镇的名字。这座庞大的建筑大部分位于地下，这样能免受轰炸的侵扰。希特勒曾下令手下的科学家在这儿制造一种能一举击败盟军的武器。"

他抬起银色的眉毛瞥了一眼耶格。他说着跨大西洋口音，很难辨别他的国籍。可能是英国人、美国人，或随便哪个欧洲国家的公民。但不知为何，他浑身上下透着简单、正派和诚实的品质。

他目光中透着一股平静的同情，但耶格相信这目光中还隐藏着钢铁般的坚毅。此人自称彼得·迈尔斯，是纳洛芙所在组织中的高层人物，这意味着他和纳洛芙一样，有一些独特的杀手技能。

"你听说过 N- 斯托夫 ① 吗？"迈尔斯问。

"没有。"

---

① 原文为德语单词 stoff，意思是材料。——编者注

"很少有人听过。三氟化氯，就是 N- 斯托夫或 N 材料，英语里也是这个意思。想象一下，凝固汽油弹和沙林神经毒气混合，就合成了 N- 斯托夫这种可怕的双重毒剂。它挥发性强，倒在水里也会燃烧，而且在燃烧的过程中，释放的毒气能置人于死地。"

"根据希特勒的生化武器计划，这里每个月要生产六百吨。"他轻轻笑了笑，"不过还好，还没等他们产够六百吨，斯大林就带着他的部队来了。"

"然后呢？"耶格急忙问。

"战后，这个地方被改建成了防御工事。此地隐藏在一百英尺深的地下，包裹在坚不可摧的钢筋混凝土里，非常安全。"

耶格瞥了一眼天花板。"这些管道是用来输送过滤后的干净空气的，对吧？也就是说，整座建筑可以与外部隔绝。"

老人的眼里闪着光。"没错，看来你年纪轻轻，倒挺机灵。"

年轻。耶格笑了笑，皱纹隐现。他已经忘记上次有人这么说他是什么时候了。他渐渐喜欢上了彼得·迈尔斯。

"那么，我们……您……是怎么到这儿来的？"他问。

迈尔斯拐过墙角，带着耶格走下了另一条漫长的通道。"1990年，东德和西德重新统一。苏联被迫将这里交还给德国当局。"他笑着说，"德国政府悄悄地提供给了我们，让我们随意使用。尽管此地历史黑暗，但它能很好地实现我们的目的。这里很不起眼，绝对安全可靠。再说了，英国有句谚语说得不错，乞丐不能挑肥拣瘦。"

耶格笑了。他欣赏这个人的谦逊，更不用说他的措辞了。"德国政府给你们提供了一个前纳粹地下防御工事？这安的什么心？"

老人耸了耸肩。"我们觉得这是理所当然的，一切都有一种美妙的讽刺意味。你知道吗，要说哪个国家永远铭记战争的恐怖，那就是德国。直到今天，他们仍然被自己的罪恶感所驱使和激励。"

"我好像从来没有真正思考过这个问题。"耶格直言。

"嗯，也许你应该想想，"老人语气温和，带着些许责备，"要说安全，也许我们最安全的藏身之地就是这里，一切罪恶开始的地方。但是……也许我言之过早了。不妨等你团队的其他成员都来了再讨论吧。"

耶格被领进一间简朴的房间。他在飞机上吃过东西了，不过说实话他已经累坏了。经历了过去三个星期的风风雨雨，古巴任务、剪辑室爆炸，以及此时召集团队，他真希望能在这间地下密室中痛快地睡一觉。

彼得·迈尔斯向他道了晚安。巨大的铁门关上后，耶格意识到自己被吞没在寂静里。在这么深的地下，被几英尺厚的钢筋混凝土包裹着，一点声音也听不见。

他有点恍惚。

他躺在床上，专注于自己的呼吸。这是他在军队里学到的技巧，深吸一口气，保持几秒钟，然后再长呼一口气。循环往复。专注于呼吸，所有的烦恼都会从脑海中消失。

他最后只记得，躺在一片漆黑的地下，感觉就像被送进了自己的坟墓里。

实在是太累了，没过多久他就昏昏沉沉地睡着了。

"出来！快出来！出来！"一个声音吼道，"出来！浑蛋！听见没！"

耶格看到车门被暴力地打开，一大群戴着巴拉克拉法帽的黑影围了上来，手里拿着武器。有人伸出手，一把将他拖出车子，彼得·迈尔斯也被从驾驶位拽了出去。

足足睡了十四个小时之后，耶格坐上车，与迈尔斯一同前往机场，去接另外两个同伴。但当他们沿着出法尔肯哈根的森林小径蜿蜒前行时，车子被一棵倒下的树挡住了去路。迈尔斯减速停车，没有察觉到什么异样。紧接着，一群戴着巴拉克拉法帽的枪手从树林里蹿了出来。

耶格被扔在地上，脸被按在烂泥里。

"趴下！好好趴着！"

他觉得有几条有力的胳膊压着他。他的脸被重重地摁在地上，无法呼吸。腐烂变质的味道呛得他连喘带咳，他不由得感到一阵心悸。

他感觉窒息。

他试图抬起头来喘口气，但随之而来的是接连不断的拳打脚踢，像雨点一样落在他身上。

"趴着！"那声音大喊，"把你那臭脸好好埋在烂泥里！"

耶格试图挣脱，朝攻击者手脚挥舞、尖叫咒骂。这下又换来对方用枪托一连串的毒打。被打倒在地时，他的手被狠狠地向后扭了一下，胳膊似乎脱臼了，然后他的手腕也被胶带捆紧了。

接着，几声枪响划破了森林中的严寒。砰！砰！砰！狂野的枪声震耳欲聋，回荡在树林中。听到枪声，耶格的心脏怦怦直跳。

糟了。大事不好。

他挣扎着抬起头，迅速瞥了一眼。只见彼得·迈尔斯已经设法逃了出去，穿过了树林。

枪声接连响起。耶格看到迈尔斯摇摇晃晃，一个趔趄倒在地上，没了动静。一名持枪歹徒冲了过去，用手枪对准他，又连开了三枪。

耶格浑身发抖。他们残忍地处决了彼得·迈尔斯——那个温和的老人。究竟谁是幕后黑手？

紧接着，有人抓住耶格的头发，把他的头往后一拽。他还没来得及说话，嘴就被胶带封住了，然后一个黑色布袋套住他的脑袋，袋口系在他的脖子上。

他眼前漆黑一片。

耶格摸不清方向，跟跄着被猛地拽了起来，推着往前走，穿过树林。他被倒下的树枝绊了一下，重重地摔了一跤。

嚷嚷声响起："起来！快起来！起来！听到没！"

他被拖着向前穿过一片沼泽地，腐叶的气味扑面而来。他们押着耶格疯狂地向前走，耶格完全迷失了方向。最后，他听见前方传来新的声音：发动机有节奏的响动。他被带上了一辆车。

透过袋子，他依稀看到两个亮点穿透茂密的树林。

那是车子的前照灯。

两个男人架着他的胳膊，把他推到灯光下，他的脚完全使不上力。接着，他的脸撞到了汽车的前格栅上，额头一阵钻心地疼。

"浑蛋，跪下！跪下！跪着！"

他被摁着跪了下来，感觉到大灯打在他的脸上，刺眼的灯光透过袋子照了进来。冷不丁地，他头上的袋子被拿了下来。他试图别过头去，避开强烈的光线，但他的头发被恶狠狠地抓住了，光线直直地照进眼睛里。

"姓名！"那个声音在他耳边咆哮道，"告诉我，你这个浑蛋叫什么名字！"

耶格看不见说话的人，但口音听起来像外国人，带有浓重的东欧口音。有那么一瞬间，耶格很害怕，以为他们是当初被自己用科洛科尔 –1 袭击的那些人，是弗拉基米尔和同僚把他俘虏了。但他转念一想，这不可能，他们怎么可能找到他呢？

想想，耶格。快点。

"姓名！"那咆哮的声音再次响起，"叫什么！"

耶格的喉咙因震惊和恐惧而发紧，他勉强说出了一个词："耶格。"

抓他的人把他的脸摁到旁边的一盏前照灯上，让他的脸紧紧地贴在车灯玻璃上。

"全名。告诉我全名！"

"威尔，威尔·耶格。"他一边说一边咳血。

"嗯，这还差不多，威尔·耶格。"那个阴险凶狠的声音现在平静了一点，"告诉我，你的同伙都叫什么名字？"

耶格什么也没说，他不可能回答。但他能感觉到那家伙的怒火又燃烧了起来。

"再问一遍，你的同伙叫什么名字？"

不知哪里来的勇气，耶格回答："我不知道你在说什么。"

他感觉自己的头被向后一扳，然后被摁进了泥里，比之前更用力。他试图屏住呼吸，这时又是一阵辱骂，不时夹杂着又狠又准的拳打脚踢。不管抓他的人是谁，他们绝对很擅长折磨人。

最后，他被拉了起来，头上又被套上了黑布袋。

那人发出指令。"把他处理掉。他不开口，对我们来说也没用。你们知道该怎么做吧。"

耶格被拖到车后，猛地扔到了车上。几只手拽着他，强迫他坐下，他的双手被绑在身后，只能双腿向前伸直坐着。

然后是一段沉默，只听见他自己呼哧呼哧喘息的声音。

时间过得很慢。耶格能感觉到，准确来说是能尝到恐惧滋生的像金属般的滋味。最后，他不得不试着换一个姿势，缓解四肢的疼痛。

砰！有人一声不吭，给他的肚子来了一脚。他被迫回到原来的坐姿。他现在知道了，再怎么疼，都是不能动的。他们迫使他保持一种高度紧张的姿态，以此折磨他，让他难以忍受。

车子毫无征兆地震了一下，开动了。这突如其来的变化让耶格往前摔了个嘴啃泥，他又挨了一脚。耶格挣扎着重新坐好，但过了一会儿，车子经过一个沟，把他摔得仰面朝天。胳膊肘和拳头又一次像雨点一样落下来打在他身上，他的头撞到了冰冷的车厢板上。

最后，一名打手把他拽回了原来的姿势。他疼痛难忍，头突突地疼，肺仿佛要炸裂。他大口大口地喘着粗气，觉得自己的心脏好像要在胸腔里爆炸，恐惧和惊慌席卷了全身。

耶格知道，自己被一群专业打手抓住了。问题是，他们到底是谁？

他们要把他带到哪里去？

车子沿着有车辙的路不停地向前开，一路颠簸，在崎岖不平的路面上嘎嘎作响。尽管他很痛苦，但至少有了思考的时间。一定有人背叛了他们。否则，不会有人知道他们在法尔肯哈根防御工事。

是纳洛芙吗？如果不是，还有谁知道他们会在那儿见面？他的队友们都不知道最终集合地点，只是被通知，会有人在机场接他们。

但是为什么呢？和纳洛芙一起经历了那么多事，她为什么要出卖他？她在为谁效力呢？

车子突然减速，停了下来。耶格听到后挡板铰链打开的声音。他绷紧了神经。几个人抓住他的腿，把他拖下来，丢了出去。他试图用手臂缓解冲击力，但头还是重重地撞到了地上。

哎呀，真疼啊。

他的双脚被人拽着，头和躯干在烂泥中被拖着走，像一具动物尸体一样。透过布袋的光线，让他姑且知道这是白天。否则，他一点时间观念都没有了。

他听到一扇门被打开，然后他被一脚踢进了某栋建筑里。眼前突然又漆黑一片，这黑暗让人心慌。接着，他听到了熟悉的电梯嗡嗡声，感觉到脚下的地板在下沉。他进了一部电梯，而且正在下降。

电梯终于停了下来。耶格被拖出去，推搡着过了几个急弯。他猜这是一条弯弯曲曲的过道。这时，一扇门打开了，随之而来的是震耳欲聋的声音。这声音像是一台没有信号的电视机，发出了最大音量的电子干扰声，即所谓的白噪声。

他被人架着，拖进了充满白噪声的房间。他的双手被解开了，衣服也被大力扯了下来，纽扣飞了出去。他身上只剩下一条平角裤，连鞋子都不见了。

他们让他面向墙壁，双手手掌贴在冰冷的砖墙上，以维持平衡。绑匪又在他身后把他的腿向后踢，最后他觉得自己的身体和地板之间成了六十度角，指尖和脚尖着力，身体悬空撑着。

脚步声渐渐远去。万籁俱寂，只听得见他自己痛苦而吃力的呼吸。

这里除了他还有别人吗？

有和他一样的人吗？

不知道。

多年前，耶格接受过模拟抵抗审讯训练，这是特种空勤团选拔的一部分。这种训练是为了测试人们在强压下的意志力，并训练人们如何应对囚禁。当时所遭受的折磨长达三十六个小时，但他始终明白，那只是一次演习。

相比之下，这次是真实的，令人恐惧。

他肩膀的肌肉开始酸痛，手指也在抽筋，与此同时，震耳欲聋的白噪声一直冲击着他的头骨。他痛得想喊出来，但他的嘴仍然被胶带封着，只能在心中嘶吼。

最终，手指的抽筋让他忍无可忍了，疼痛贯穿双手，肌肉紧绷，手指仿佛要脱臼了。他把手掌贴在墙上，稍微放松了一会儿。手掌承受着身体的全部重量，他感觉轻松了许多。但是下一秒，一阵剧痛直刺他的脊柱，让他直不起身子。

耶格尖叫，但发出的却是一声低沉的尖叫。这里还有别人，刚才有人用电极——或者是电击棒——戳了他的后腰！

一阵疯狂的拳打脚踢之后，他被迫回到了原来的姿势。他们虽一声不吭，但显而易见，只要他动一下或稍一放松，他们就会用电击棒戳他。

没过多久，他的胳膊和腿就开始不受控制地颤抖起来。就在他觉得自己坚持不下去的时候，脚又被踢了一下，他像死人一样瘫倒在地上。他们并未善罢甘休。几只手像抓一块烂肉一样抓住了他，强迫他像之前在车里的姿势那样坐着，但这次是双臂交叉放在身前。

抓他的人不露脸、不出声，但用意明显，敢动就要遭殃。

现在侵扰耶格的只有尖叫般的白噪声。时间变得毫无意义。只要他失去意识倒在地上，他们就又把他扭成一个受压迫的新姿势，如此反复。

情况终于发生了变化。

耶格觉得自己突然被拖了起来。他的手被甩到背后，手腕被胶带绑上，就这样被推到门口。接着又被拖着沿走廊走，在一连串急转弯中左右摇晃。

他听到另一扇门开了，然后又被推了进去。一个物体的尖角抵着他的腿弯。这是一把光秃秃的木椅，他被摁着坐了下来。他弓着身子，一声不吭。

不论这时他身在何处，这里都空气阴冷、晦暗潮湿。不得不说，这是最令人恐惧的时刻。耶格总算了解了白噪声室，明白了把他关在那儿的用意。抓他的人一直在试图折磨他，让他崩溃，迫使他屈服。

但此地是什么地方？他毫无头绪。这里既没有任何声音，也感觉不到有人类的存在，除了他自己。这令人毛骨悚然。

耶格感到一阵恐惧，真实的、发自内心的恐惧。他不知道自己被带到了何处，但他感觉这不是什么好地方。此外，他不知道抓他的人是谁，也不知道他们现在打算对他做什么。

突然，光线照了进来，刺痛了他的眼睛。头上的布袋被扯了下来，与此同时，一束强光照了过来，直射在他的脸上。

渐渐地，他的眼睛适应了这束强光，也明白了这是怎么回事。

他面前摆着一张金属办公桌，桌面上铺着一块玻璃。桌上放着一个看起来平平无奇的白色瓷杯。

杯子里是一杯热气腾腾的液体，别无其他。

桌子后面坐着一个胖胖的大胡子秃顶男人。他看起来六十多岁，穿着一件破旧的粗花呢夹克和一件旧衬衫。看他这一身过时的衣服，还戴着眼镜，举手投足间倒像一个郁郁寡欢的大学老师，也像一个薪水微薄的博物馆馆长，还像一个自己打扫卫生、蔬菜煮过头、喜欢收集蝴蝶标本的单身汉。

他相貌平平，是那种放在人群中过眼就忘，不会回头多看一眼的人。典型的无名之辈。耶格完全没想到会遇到这样一个人。

他原以为会是一群挥舞着镐柄或棒球棒的光头暴徒。现在这情况太奇怪，太离谱，把他搞得稀里糊涂。

这位无名氏盯着耶格，一言不发。看他的表情，一副……厌烦、无聊的样子，像是正在研究博物馆里一些没有意义的标本。

他冲着眼前的这个杯子点头示意："茶，加了牛奶和糖。一杯茶，英语是这么叫吧？"

他轻声细语，带着一点外国口音，但耶格听不出来是哪个国家的。他听起来并没有咄咄逼人或不友好的语气。事实上，他看起来有点厌倦——好像这话已经说过成百上千次了。

"这是一杯好茶。你一定渴了。喝点茶吧。"

在部队里，耶格所受的教育是，如果有人请他喝酒或吃饭，他就要接受。虽然确实可能会被下毒，但是对方何苦多此一举呢？把俘虏打成肉酱，或者直接开枪打死要容易得多。

他盯着白色的瓷杯。一缕缕热气在寒冷的空气中缭绕。

"一杯茶，"那人平静地重复，"加了牛奶和方糖。喝点茶吧。"

耶格扫了一眼那位无名氏的脸，又看了看杯子，然后他伸手拿起杯子。闻起来就是一杯温热香甜的奶茶。他把杯子送到嘴边，一饮而尽。

没有不良反应。他没有晕倒，没有呕吐，也没有抽搐。

他把杯子放了回去。

屋内再次寂静无声。

耶格瞥了一眼周围的环境。这个小房间空空荡荡、平平无奇，还没有窗户。他感觉到那位无名氏正目不转睛地盯着他，于是，他低头盯着地板。

"你恐怕冷了吧？我猜你一定是很冷。想暖和点吗？"

耶格的思绪飞速运转起来。这是什么意思？是一个圈套吗？有可能。但耶格需要为自己争取一些时间。而且说实话，他现在只穿了内衣，冻得半死。"喝了茶暖和一些了，先生。先生，您说得对，我很冷。"

"先生"这一称呼是耶格在部队训练期间学到的记忆深刻的一课：尊重绑匪，也许你就能获得生机，也许会让他们把你当人看。

但现在，耶格不抱什么希望。他知道在这里经历的一切，都是为了把他摧残成一只服服帖帖的动物。

"我猜你想暖和一点，"无名氏继续说，"看看你身边。把包打开，里面有一套干衣服。"

耶格低头一瞥，只见椅子旁边有一个看起来很廉价的登山包。他伸手拿起来，照对方所说的那样，拉开拉链。他有些担心，怕里面装着在亚马孙丛林被害队友的血淋淋的脑袋。结果，里面是一套褪色的橙色工作服，和一双破旧的袜子，还有一双破旧的帆布鞋。

"你以为里面有什么？"无名氏问，脸上闪过一丝微笑，"先给你喝了一杯好茶，又准备了衣服让你暖和。

把衣服穿上吧。"

耶格穿上衣服，扣上扣子，穿好鞋子，又坐了下来。

"暖和点了吗？感觉好点了吗？"

耶格点了点头。

"现在明白了吧，我有能力帮助你，也真的能救你。但我需要一些回报，我要让你帮我个忙。"无名氏停顿了一下，语气沉重地说，"我只是想知道你的朋友们什么时候会来，谁会来，还有，我们怎么能认出他们。"

"我回答不了您的问题，先生。"这是训练有素的耶格给出的标准回复，给对方否定的回答。但在这种情况下，要尽可能保持礼貌和尊重。"我不明白您在说什么。"他补充了一句。他知道他必须拖延时间。

对方叹了口气，似乎这个回答在他的预料之中。"没关系。我们已经找到了你的……设备。你的笔记本电脑和手机。我们会破解你的验证码和密码，有了这些，很快就能知道你的秘密。"

耶格的思绪又开始飞速旋转。他清楚记得，自己没有带笔记本电脑。至于那部便宜的即付即用的手机，也不会透露什么重要信息。

"如果你不能回答我的问题，至少告诉我，你在这儿干什么？你为什么来我们的国家？"

耶格震惊不已。他的国家？他在车里待的时间有这么长吗，长到他们能够越过边境，进入某个东欧国家？抓他的人到底是谁？是德国情报机关的某个无赖部门吗？

"我不知道你在说什——"他开口说，但这位无名氏打断了他。

"太可惜了。我帮了你，威尔·耶格先生，但你不想帮我。如果你不肯帮忙，那就只好回到那个充满噪声的房间继续受苦了。"

无名氏的话音刚落，一双看不见的手又把布袋子套到耶格头上。他被吓了一跳。

然后他被拽起来，猛地一转，二话不说就被押走了。

第 八 章

猎人的考验

　　耶格被送回了那间充满白噪声的房间，身体以一个怪异的姿势倚靠着墙。在特种空勤团时，他们称这种地方为"瓦解室"——磨炼成年人韧劲的场所。他能听见的只有虚空的、划破黑暗的噪鸣，能闻到的只有自己汗水的味道，冰冷且黏腻，喉咙里涌出自己胆汁的苦涩味。

　　他感到孤寂、疲惫不堪，身体从未这么疼过。他头痛欲裂，大脑在尖叫。

　　他开始在脑海里默默吟唱歌曲，回忆他年轻时喜欢的曲调。唱着这些歌，也许他就能屏蔽那些白噪声，抵御痛苦，战胜恐惧。

疲惫一阵阵地向他袭来。他清楚地知道，自己已经接近极限了。

歌声在脑中消散后，他又回忆起童年往事，想起父亲常给他读的英雄故事。那些英雄的壮举，无论是在孩提时代，还是后来在部队中，每当他面临最困难的考验时，都激励他继续前进。

他想起澳大利亚探险家道格拉斯·莫森的故事，莫森曾独自一人在南极洲忍饥挨饿，经历了地狱般的磨难，最终挣扎着生存下来。还有乔治·马洛里，他很可能是历史上第一个登上珠穆朗玛峰的人，他清楚地知道，要征服世界最高峰可能会付出自己的生命。马洛里最终没能活着下山，死在了冰封的山坡上，但这是他心甘情愿选择的牺牲。

耶格知道，人类有能力完成看似不可能的事情。当身体尖叫着表示它已经承受不了的时候，意志还是会逼着它继续坚持。一个人可以超越不可能。

同样的道理，如果耶格的信念足够强大，他也可以克服困难，挺过这一关。

这是意志的力量。

他开始一遍又一遍地重复着一句话：保持警惕，随时寻找逃跑的机会。保持警惕……

他完全失去了对时间的感知，分不清白天和黑夜。过了一会儿，布袋子被提起来，他嘴上的胶带被撕开，一个杯子被塞到他的唇边。他感到自己的头被向后拽了一下，然后有什么东西被灌进他的喉咙。

是跟之前一样的茶。

接着是一块变质的饼干。一块接着一块，往他嘴里塞，然后布袋子又被拉下来，他被推回原来的姿势。

像对待畜生一样。

但至少他们还不想让他死。

不知过了多久，他的头垂了下来，耷拉在胸前，一下子就睡着了。当他被调整到一个新的受压迫的姿势时，他痛醒了，撕心裂肺地痛。

这次他被要求跪在一块砾石上。时间一分一秒地流逝，锯齿状的、尖锐的石头深深地扎进了他的肉里，阻碍了血液循环，疼痛直冲大脑。他很痛苦，但他告诉自己一定要熬过去。

这是意志的力量。

这样的遭遇过了多久？他想知道。两三天吗？或者更久？像过了一个世纪。

有时候，白噪声突然消失，接着他们会以最大音量播放动画片《恐龙巴尼》的主题曲，这显然不合时宜。耶格听说过这样的诡计：一遍又一遍地播放卡通歌曲，来破坏一个人的理智和意志。这被称为"心理战"。但对耶格来说，这却起了相反的效果。

从婴儿时起，巴尼就是耶格最喜欢的卡通角色。这首歌让他的记忆像潮水般涌来。那些快乐的时刻，那些可以紧紧抓住的回忆，如一块石头一般，稳住了他此时在风雨中飘摇的灵魂。

他提醒自己，这就是他来这里的原因。他的目的是寻找失踪的妻儿。如果他被抓他的人击垮，就等于放弃了此次任务，也放弃了他爱的人。

他不会放弃露丝和卢克。

他必须坚持，坚持到底。

最后，耶格觉得自己又被推着动了起来。现在的他几乎已经无法走路，所以他们抬着他走出了门，穿过弯弯曲曲的走廊，进了一个房间。他猜还是原来那个房间。

他被丢在椅子上，布袋子被扯下来，灯光照了进来。

坐在他面前的是依旧是那位无名氏。耶格坐的地方可以闻到对方衣服上的汗臭味。他紧盯着地板，无名氏则百无聊赖地看着他。

"这一次，不好意思，我们没有茶了。"无名氏耸了耸肩，"如果你肯帮忙，对你有好处。我想你现在明白了。你愿意吗？你肯帮我们吗？"

耶格试图理清他混乱的思绪。他觉得很困惑，不知道说什么好。到底要他帮什么忙呢？

"我想知道，耶格先生，"无名氏扬起一只眉毛，满脸疑惑，"你愿意帮忙吗？要是你不愿意，那你对我们来说也就没有用处了。"

耶格一句话也没说。尽管他感到困惑和疲惫，但仍觉得这是一个圈套。

"那告诉我，现在几点了？告诉我时间。这个要求不过分吧。你愿意帮我个忙，告诉我时间吗？就这么简单。"

刹那间，耶格想要去看他的手表，但他被抓后不久，手表就被人摘走了。他不知道今天是几月几日，更不知道是几点。

"现在几点了？"无名氏重复道，"帮我这个忙吧，费不了什么功夫。我只是想知道时间。"

耶格完全不知道该如何回应。

突然，一个声音在他耳边喊了起来："还不快说！"

一记拳头挥过来，落在耶格的脑袋上，把他从椅子上打了下来。他狼狈地跌倒在地上。他甚至不知道房间里还有其他人。这一拳使他的脉搏像机关枪一样突突地跳着。

他瞥见三个穿着深色运动服的平头壮汉，他们伸手抓住他，把他推回座位上，然后又消失在寂静中。

那位无名氏让人完全摸不着头脑。他向其中一个肌肉发达的暴徒做了个手势，用嘶哑的声音交谈了几句，他们说的是耶格听不懂的语言。然后，那个暴徒拿出一台无线电对讲机，简短地说了几句话。

无名氏又转向耶格，声音听起来像是在道歉。"真的没有必要搞得这么……不愉快。你很快就会知道，你是无法跟我们作对的，因为牌都握在我们手里——每一张牌。帮助我们就是帮助你自己，也是在帮助你的家人。"

耶格觉得自己的心漏了一拍。

他到底是什么意思……他的家人？

耶格感觉胃里一阵翻涌，恶心想吐。凭着坚强的意志，他忍了回去。如果是这些人抓了露丝和卢克，他们最好杀了他。不然只要他能够脱身，必将割破每一个人的喉咙。

他身后传来咔嗒一声，门开了。耶格感觉到有人进了房间，从他身边走了过去。他难以置信地瞪大了眼睛。他确实有过这样的猜测，但天哪，这肯定是一场梦。他真想一头撞向那冰冷的灰墙，把自己从噩梦中唤醒。

伊琳娜·纳洛芙背对着他站着，隔着桌子把什么东西递给了无名氏，然后转过身，一句话没说，又匆匆地走了过去。她经过的时候，耶格看到她的眼中充满惊愕和内疚。

"谢谢你，伊琳娜。"无名氏平静地说。他扭过头，眼神空洞，一脸厌倦地看着耶格，"这是可爱的伊琳娜·纳洛芙。当然，你已经认识她了。"

耶格没有回应。回应没有任何意义。他觉得还有比这更糟的事情要发生。

纳洛芙在桌上放了一捆东西。耶格看着眼熟。无名氏将那东西推到他面前。

"瞧瞧。你得瞧瞧。只有看了这个，你才能知道为什么你别无选择，只能帮助我们。"

耶格伸出手，他心中一凛，明白了这是什么东西。这是卢克那件印着"拯救犀牛"的 T 恤，是几年前他们一家去东非旅行时买的。他们一家三口在月光下的大草原上徒步，沿途穿越了成群的长颈鹿、角马，以及犀牛——这是他们最喜欢的动物。这是完美的家庭假期，一切都妙不可言。这件 T 恤是他们最珍贵的纪念品。

现在却变成了这样。

耶格强忍疼痛，用血淋淋的手抓住了这件薄薄的衣服，把它拿了起来，紧紧地贴着自己的脸，耳边能听见脉搏怦怦直跳的声音。他觉得自己的心好像要炸裂了，泪水刺痛了他的眼睛。

是他们抓住了他的家人，这群凶残、无情、恶心的浑蛋。

"你必须明白，我们本不需要这样做。"无名氏的话打断了耶格痛苦的思绪，"我们需要的只是一些答案。你提供我们想要的答案，我们让你和你爱的人团聚。这是我唯一的要求。这还不容易吗？"

耶格咬牙切齿、下巴紧闭、肌肉紧绷，拼命遏制住自己盲目反击的冲动。他清楚这样做的后果。他的双手又被胶带绑住了，他能感觉到打手正盯着他，巴不得他先出手。

他要等待机会。他们总有疏忽大意的时候，那个时候他再出手。

无名氏故作亲切地伸出双手。"那么，耶格先生，为了救你的家人，请告诉我：你的朋友们什么时候到？他们是什么人？如何认出他们？"

耶格感到一场激烈的思想斗争在他的脑海中爆发，他被相反的方向拉扯着。他要出卖最亲密的朋友吗？

背叛他的战友？还是失去再次见到露丝和卢克的唯一机会？

去他的，他对自己说。纳洛芙背叛了他。她摆出一副正义的嘴脸，原来都是演戏。她是第一个出卖他的人。

他还能相信谁？

耶格张大了嘴巴。最后一刻，他又把话吞回去了。如果自己被他们击垮，那就背叛了他爱的人。

他永远不会背叛他的妻子和孩子。

他要坚守立场。

"我不知道你在说什么。"

无名氏扬起眉毛。这是耶格第一次见到他这样的反应。显然，他很惊讶。

"我是一个讲道理、有耐心的人。"他说。"我再给你一次机会，再给你的家人一次机会。"他顿了顿，"告诉我，你的朋友们什么时候到？他们是什么人？如何认出他们？"

"我无法回答……"

"听着，如果你不配合，情况对你和你的家人都非常不利。所以很简单，告诉我答案。你的朋友什么时候到？他们到底是什么人？如何认出他们？"

"我无法……"

无名氏打了个响指，打断了耶格。他看了一眼手下的人，说道："够了，结束了。把他带走。"

黑色的布袋子套回耶格的头上，他的下巴被迫死死地抵在胸前，两臂被扭在身后。

紧接着他站了起来，像个破布娃娃一样被人拖出了房间。

在玻璃隔墙后面，纳洛芙打了个寒战。她惊恐地看着耶格戴着蒙头黑布袋的身影被拖出房间。单向玻璃让她能看到整个过程。

"我猜，你并不喜欢这样吧？"一个声音问道。

这是彼得·迈尔斯，就是之前耶格以为在树林里被枪杀的那位老人。

"不喜欢。"纳洛芙咕哝了一句，"我之前觉得这很有必要，但是……非得继续演下去吗？到最后让大家都痛苦？"

老人摊开双手。"是你说需要考验一下他的。他对妻子和孩子的心结……那种彻底的绝望，那种内疚感，可以驱使一个人思考他平时绝不会做的事情。爱是一种强大的情感，对孩子的爱也许是所有爱中最强大的。"

纳洛芙瘫坐在椅子上。

"马上就要结束了，"彼得·迈尔斯说，"最严峻的考验，他肯定会通过。如果过不了，他也不配加入我们。"

纳洛芙愁眉苦脸地点了点头，陷入了沉重的、纷乱的思绪之中。

有人敲门。一位满脸皱纹的老人走了进来。他挂着拐杖稳稳地站在门口，目光中刻着深深的关切。他看起来有九十多岁了，浓密的眉毛下，眼睛仍然锐利且警觉。

"结束了吧？"

彼得·迈尔斯揉着额头，整个人看起来疲惫不堪。"差不多了，谢天谢地。再过一会儿，我们就能确定了。"

"但这一切真的有必要吗？"老人问，"我的意思是，别忘了他的祖父是谁。"

迈尔斯瞥了纳洛芙一眼。"伊琳娜好像觉得这一切都很有必要。别忘了，她曾在高压环境下，在激烈的战斗中，和他并肩作战，目睹了他有时会犹豫不决。"

老人眼中闪过一丝怒火。"他经历了这么多事情！也许他会动摇迟疑，但他永远不会被打垮。绝对不会！他是我的侄孙，是耶格家的子孙。"

"我知道，"迈尔斯承认，"不过我想您明白我的意思。"

老人摇头。"他过去几年所遭受的痛苦，没人承受得了。"

"我们不确定这些经历对他有何长期影响。这就是纳洛芙的担忧。所以现在……要测试。"

老人看了纳洛芙一眼。让人没想到的是，他的眼中透出的是慈祥的目光。"好孩子，振作起来。是福不是祸，是祸躲不过。"

"对不起，乔叔公，"她喃喃道，"也许我的担心是多余的，都是毫无根据的。"

老人的神情变得柔和起来。"他出身世家，孩子。"

纳洛芙望着这位白发苍苍的老人。"他一步都没走错，叔公。他通过了所有的考验，没有让任何人失望。恐怕是我弄错了。"

"是福不是祸，是祸躲不过，"老人重复，"也许彼得是对的。我们最好能确保万无一失。"

他转身离开，在门口又停了下来。"但如果他真的在最后一关倒下了，答应我一件事。不要告诉他真相。让他离开这里，不要告诉他这是一场考验，也不要让他知道……他没通过。"

老人走出了观察室，又说了一句话，这句话仿佛悬在空中，久久无法散去。

"他经历了这么多磨难，要是知道了……会崩溃的。"

耶格猜想自己会被拖回刑讯室。谁知他被驱使着向左转走了几步，几秒钟后突然停了下来。现在空气中有一种不同的味道，是消毒水的味道，还有冲鼻的陈腐尿液的气味。

"厕所，"抓着他的人叫道，"上厕所。"

自从这些折磨开始后，耶格就被逼着随地大小便。现在，他用绑着的双手解开了工作服的扣子，靠着墙，对着小便池的方向撒尿。黑色的布袋子还套在头上，所以他只能在什么都看不见的情况下小便。

突然传来一声窃窃私语："你跟我同病相怜啊，伙计。这里面全是浑蛋，是吧？"

声音听起来很近，好像说话的人就站在他身边。听声音倒是很友好，像是个值得信任的人。

"我叫戴夫。戴夫·霍罗克斯。你也没有时间概念了吧？我跟你一样。感觉像一个世纪那么长，是吧，伙计？"

耶格没有回答。他感觉这里面有圈套。也许这是另一场心理战。他解决完，扣上了扣子。

"伙计，我听说他们抓走了你的家人，就关在附近。你有什么想说的话，我可以替你转达给他们。"

耶格凭借一股强大的意志力，忍着没吭声。但万一真的有机会给露丝和卢克捎个信呢？

"快点，伙计，趁看守还没回来，告诉我，你想让我给你老婆孩子捎什么话。如果你有什么想告诉你朋友的，我也可以捎个口信。你有哪几个朋友？快说啊，抓紧时间。"

耶格向那人靠过去，似乎想在他耳边说些什么。他能感觉到那个人也附耳过来了。

"戴夫，我想说的是，"他用沙哑的声音说，"给我滚。"

不一会儿，他的头被狠狠地摁住，猛地被推着转过身，赶出了卫生间。一阵弯弯绕绕后，他听到一扇门开了。他被推到另一个房间，坐在椅子上。黑布袋子被扯了下来，他眼前突然一亮。

在他面前，坐着两个人。

他的脑子一时没转过弯来。

眼前是塔卡瓦西·拉法拉，还有年轻的迈克·戴尔，后者长发蓬乱，眼窝深陷发黑，毫无疑问是最近遭遇的事情让他变成了这样。

拉夫努力挤出一个笑容。"老兄，你的脸就像被一辆该死的卡车撞了。我看到过你更糟的样子，当时在克拉斯汀·皮普熬了一整夜，看全黑橄榄球队痛扁你们的球队。但是……"

耶格没做任何回应。

"听着，兄弟，"拉夫又试了一次，他意识到自己的幽默不起效果，"听我说。你没有被任何人俘虏。你还在法尔肯哈根地下工事里。那些把你扔进车里的人，他们一直在兜圈子而已。"

耶格继续保持沉默。要不是双手被绑着，他会杀了他俩。

拉夫叹了口气。"兄弟，你得听我说。我不想待在这里，戴尔也不想。这事跟我们没有关系。我们也是到了这里才知道是怎么回事。他们让我们坐在这儿，这样你能最先见到我们。毕竟他们觉得你会信任我们。相信我。结束了，兄弟。一切都结束了。"

耶格摇了摇头。他凭什么相信这些浑蛋，相信任何人？

"我是拉夫。我不想骗你。结束了。测试完成了。"

耶格又摇了摇头，说："去你的吧！"

接着又是一阵沉默。

迈克·戴尔身体前倾，双肘放在桌上。耶格突然发现，他看起来很糟糕。即使在亚马孙丛林最艰难的时刻，耶格也从未见过戴尔看起来像这样糟糕。

戴尔眼睛疲惫浮肿，瞥了一眼耶格。"你也看得出来，我刚失去了我心爱的女人，我整夜难眠。你觉得我失去汉娜之后，还能坐在这里对你说这些废话吗？你觉得我能做到吗？"

耶格瑟瑟发抖，轻声说："我现在觉得，人没什么干不出来的。"他也不知道该相信什么，该相信谁。

他身后传来一阵微弱的敲门声。拉夫和戴尔对视一眼。现在又是哪一出？

未等答复，门开了，一个年老的、佝偻的身影走了进来，手里紧紧地握着拐杖。老人停在耶格身边，把一只布满皱纹的手放在他的肩膀上。眼前坐在椅子上的这个人，被打得浑身是血，老人不由得皱起了眉头。

"威尔，好孩子。我相信你不会埋怨一个老人介入这……这件事吧？"

耶格抬头，用肿胀充血的眼睛看着他。"乔叔公？"他声音沙哑地问，"是乔叔公吗？"

"威尔，好孩子，是我。我相信你的朋友已经告诉你了，一切都结束了。真的结束了。这一切本来都没有必要的。"

耶格举起被绑住的双手，紧紧地抓住老人的手臂。

乔叔公捏了捏他的肩膀。"结束了，孩子。相信我。但正经事现在才刚刚开始。"

第九章

明争暗斗

　　总统闻着花香，大加赞赏。华盛顿已进入春季，樱花含苞待放，城市的街道两旁即将开满粉红色的花朵，空气中弥漫着令人陶醉的花香。

　　这是约瑟夫·伯恩总统一年中最喜欢的时节，寒冷的冬季从东海岸退散，迎来漫长而温暖的春季。不过，对那些了解历史的人来说，这些樱花树的背后也隐藏着难以忽视的黑暗真相。

　　这里最常见的是一种名为染井吉野樱的樱花。1912年，日本送了三千株小树苗给美国，象征两国友谊地久天长。1935 年，华盛顿举办了第一届樱花节，很快，樱花节就成了这座城市的一个固定节日。

然后，1942 年，大批日本战机袭击珍珠港，一夜之间，樱花节结束了。遗憾的是，日本的友谊并未像当初承诺的那样永恒。

三年来，美国和日本一直处于最激烈的冲突之中。但是战后，这两个国家重新点燃了友谊之火。俗话说，身处逆境不择友。到了 1947 年，樱花节重回大众视野，至于其他事宜，正如总统常说的那样，都已成为历史。

他转向身边的两个人，指了指眼前的景色，那些靠近该地潮汐湖水域的樱花树，树梢上已露出了粉红色的花苞。

"真漂亮，先生们。每年我都担心花开不了，但每年它们都开得很茂盛。"

中央情报局局长丹尼尔·布鲁克斯说了几句合时宜的赞美之词。他知道，这景色固然美丽，但总统把他们叫来，不是为了欣赏景色的。他宁愿回去处理当天的事务。

除了他，旁边的副局长汉克·卡姆勒用手遮挡住太阳光。从他们的肢体语言中可以明显看出，这两名中央情报局的领导并不和睦。除了像这样总统召见的场合外，他们尽量不和对方待在一起。

事实上，一旦布鲁克斯被迫下台，汉克·卡姆勒就会被任命为下一任局长。一想到这种情况，布鲁克斯就不寒而栗。他认为接管世界上最有权势的情报机构，此人是最糟糕的人选。

问题是，不知为何，总统似乎很信任卡姆勒，相信他那不靠谱的能力。布鲁克斯对此无法理解。卡姆勒似乎拿捏着伯恩，狠狠拿捏着他。

"好了，先生们，谈正事吧。"总统挥手让他们坐到舒服的椅子上，"在我看来，我们的后花园似乎出了些问题。南美洲的巴西。确切地说，是亚马孙丛林。"

"出什么事了，总统先生？"布鲁克斯问。

"两个月前，有七个人在亚马孙丛林被杀害。他们来自不同的国家，但主要是巴西人，没有美国公民。"伯恩摊开双手，"这跟我们有什么关系？巴西人好像觉得是美国人干的，或者幕后指使者是美国的某个机构。我和巴西总统握手时，被问及此事。我完全不知所云，这种感觉可真不好。"

总统停顿了一下，表情严肃。"这七个人是一支国际探险队的成员，目的是搜寻一架第二次世界大战时的战机。他们快要接近目标时，一个神秘组织开始追捕他们。正是这个组织把这件事闹到我这儿来了。"

伯恩打量着这两个中央情报局的人。"这支'猎人部队'拥有很多尖端武器，其中包括捕食者无人机、黑鹰隐形直升机，以及一系列高精尖的武器。巴西总统认为只有美国的情报机构才可能拥有这些。"

"所以，先生们，你们有谁知道消息吗？有没有可能正如巴西人暗指的那样，是美国情报机构干的？"

布鲁克斯耸耸肩。"总统先生，这不是毫无可能。但这么说吧，先生，这事我一点也不清楚。我可以马上去调查，四十八小时后再来汇报，现在我什么都不知道。不过我的观点不具备代表性。"他转向旁边的副局长。

"总统先生，我碰巧知道一些事情。"卡姆勒冷冷地瞥了布鲁克斯一眼，"我认为了解这件事是我的分内之责。那架战机关乎当年的一项有不同代号的行动。重点是，总统先生，当时这是最高机密，保守这个机密对我们有益。"

总统皱起了眉头，说道："继续说，我在听。"

"先生，今年是选举年。如往常一样，获得犹太游说团体的支持至关重要。早在 1945 年，那架战机曾将一些纳粹高层领导人运送到南美洲的一个秘密庇护所。但总统先生，对您来说至关重要的一点是，战机里面装满了纳粹战利品。当然，包括大量犹太人的黄金。"

总统耸了耸肩，说："我不明白这有什么好担心的。犹太人的黄金被掠夺的事已经流传很多年了。"

"是的，先生。但这一次情况不同。我们不知道的是，美国政府资助了那次行动。当然，是在极其保密的情况下进行的。"卡姆勒精明地朝总统瞥了一眼，"我建议，这事应该严格保密。"

总统深深地叹了口气，说："这是一场与魔鬼的交易。在选举年遇上这种事会很尴尬，你是这个意思吧？"

"是的，先生，正是如此。会非常尴尬，对我们也没有好处。这不是在您任内发生的，是发生在 1945 年春末的事。但这并不代表媒体不会大肆报道。"

总统的目光从卡姆勒身上转向布鲁克斯。"你怎么看?"

中央情报局局长皱起了眉头。"先生,我的副局长无所不知,而我毫不知情,这种事情不是第一次发生了。如果此事当真,当然是件麻烦事。但如果相反,那就是一堆废话。"

卡姆勒全身绷紧,他的内心似乎有什么东西要炸开。"我认为你应该把了解中央情报局内部发生的一切当作你的职责!"

布鲁克斯气急败坏地说:"这么说,这和我们中央情报局有关?这是我们干的?该死的巴西人把你搞得团团转!"

"先生们,冷静一下。"总统举手示意两人静一静,他说,"巴西总统非常执着,要我给出回复。目前,这只是两国政府间的私事,但并不能保证一直如此。"他打量着布鲁克斯和卡姆勒,"如果你说得没错,美国政府支持了纳粹抢劫犹太人黄金的阴谋……嗯,事情看起来不妙。"

布鲁克斯没说话。尽管他很讨厌卡姆勒，但总统和卡姆勒说得对。如果这一消息被媒体报道，就会影响总统连任。虽然他知道伯恩不是个好总统，但他现在没有别的选择了。

总统直接对卡姆勒说："如果真像巴西人所说的那样，有一个美国流氓组织参与其中，事情可能会变得很难办。所以情况真是如此吗？汉克？这些都是我们的人下的命令吗？"

"先生，上一任总统签署了一份执行命令，"卡姆勒回答，"是总统的行政命令，能够为某些行动开绿灯，不需要任何许可。也就是说，无须总统授权。在某些特定情况下，您最好什么都不知道。这样，如果事态真的变得很糟，您可以矢口否认。"

伯恩总统看起来有些不安。"汉克，我明白你的意思，我知道什么叫推诿否认。但现在我要求你尽可能详细地向我汇报情况。"

卡姆勒的表情变得僵硬起来。"总统先生，我不妨这么说吧，若不是有机构竭力保守秘密，有些事情不可能一直不被发现。"

伯恩按摩着他的太阳穴。"汉克，别搞错了——如果这件事与中央情报局有关，我们最好尽早考虑最糟糕的情况。我需要知道潜在的负面影响。"

"总统先生，这不关中央情报局的事。"卡姆勒瞪了布鲁克斯一眼，"这一点我很确定。但我很高兴您认识到了保密的紧迫性，这对我们大家都是最有利的。"

"我会告诉巴西人，这跟我们没有关系。"伯恩总统松了一口气，"汉克，我理解保密的必要性。"他又瞥了布鲁克斯一眼，"我们都理解。真的。"

五分钟后，布鲁克斯离开了白宫，开车的是他的司机。他借口行程安排紧，不能留下吃午饭。当然，卡姆勒留下来了。这个阿谀奉承的小人从不放过任何溜须拍马的机会。

布鲁克斯的司机驱车上了主干道，向南驶出华盛顿市中心。布鲁克斯掏出手机拨了一个电话。

"巴基吗？我是布鲁克斯。有一段时间没联系了，你好吗？"

听到对方的回答，他笑了笑。

"你猜对了，我打电话不仅仅是找你闲聊的。你想不想重出江湖，再展身手？你怕是厌倦了隔着切萨皮克湾打土豆了吧？对吧？完美。不如我开车去你家，你让南希给我做一碗蛤蜊浓汤，然后我们聊会儿天？"

　　他看向窗外一闪而过的樱花。卡姆勒和他的秘密行动最好的情况是，这家伙是个我行我素、不顾后果的人；最坏的情况是，他和他的人大范围越权了。

　　布鲁克斯对卡姆勒挖得越深，了解得就越多。有时你得不断地挖掘，来发现真相。

　　有时真相是非常丑陋的。

第 十 章

神秘猎人

法尔肯哈根周围几乎密不透风的树林给此地平添了一丝原始荒凉的色彩。这是一个大声尖叫都没人听得到的地方。

"我在里面待了多久？"耶格一边问，一边活动着自己僵硬的双手。

他站在最近的一个防御工事外，残酷的考验让他感到筋疲力尽，迫切地想要呼吸新鲜空气。他心中的怒火也在燃烧着，沸腾着。

拉夫看了看表。"现在是三月八日七点。你在那儿待了七十二个小时。"

整整三天！这群浑蛋。

"这是谁的主意？"耶格追问道。

拉夫正要回答，乔叔公走了过来。"我有话要跟你说，孩子。"他动作温和而又坚定地抓住了耶格的手臂，"有些事情最好由家人解释。"

二十年前，耶格的祖父去世后，乔叔公就承担起了祖父的角色。因为他没有子嗣，所以他与耶格、露丝和卢克的关系格外亲密。

乔叔公的小屋位于苏格兰边境，在偏远的巴克里奇瀑布旁边。暑假的时候，他们一家人经常去乔叔公的小屋度假。在家人被绑架后，耶格很少与乔叔公见面，尽管如此，他们仍然非常亲密。

特种空勤团刚成立时，乔叔公和耶格的祖父曾一起在那里服役。耶格曾痴迷他们当年的英勇事迹。

乔叔公带着耶格来到一片绿树隐蔽的水泥地，这无疑是无数地下建筑的房顶，甚至可能就是耶格接受审讯的那一间。

"你想知道是谁干的，"乔叔公说，"当然，你有权知道答案。"

"我能猜到,"耶格阴郁地说,"纳洛芙完美地演了这一出戏。这全是她策划的。"

乔叔公轻轻地摇了摇头。"说实话,她一点也不想这么做。测试进行了一段时间后,她还试图叫停。"他停顿了一下,"你知道,我认为……事实上我十分肯定,伊琳娜对你有某种好感。"

耶格没有理会这个嘲讽。"那么是谁呢?"

"你见过彼得·迈尔斯吧?他在这出戏中扮演的角色比你想象的要重要得多。"

耶格瞪大了眼睛。"他到底想要证明什么?"

"他担心失去家人这件事可能会让你情绪失控,创伤和内疚可能会把你逼到崩溃的边缘。所以,他决定要考验你,证明他和纳洛芙的担心有无道理。"

耶格勃然大怒。"他……他们……有什么权利这样做?"

"其实,我认为他有充分的权利。"乔叔公顿了顿,"你听说过'儿童转运项目'吗?1938年,英国外交官尼古拉斯·温顿组织火车将数百名犹太儿童运往英国,成功拯救了他们。彼得·迈尔斯那时还不叫这个名字。他当时是一个十一岁的男孩，原名叫彼得·弗里德曼，德国犹太人的名字。"

"彼得有一个哥哥，叫奥斯卡，他很崇拜他的哥哥。但当时只有十六岁以下的孩子才能登上温顿的火车。彼得上了车，但是他的哥哥却不能上车。他的父亲、母亲、婶婶、叔叔和祖父母，都在集中营被杀害。彼得是家中唯一一个幸存下来的人，直到今天，他仍然觉得自己活下来是个奇迹，是上天的礼物。"乔叔公努力让自己平静下来，"所以你看，如果说有谁知道失去家庭是什么滋味，那就是彼得。他清楚地知道这种滋味能击垮一个人，知道这种滋味这会对你的思想产生什么影响。"

耶格的愤怒似乎消散了一些。听了这样一个故事，一切都变得能够理解了。

"那么我通过测试了吗？"他平静地问，"我证明他们多虑了吗？我的大脑像一团糨糊。我几乎不记得发生了什么事。"

"你通过了吗？"乔叔公伸出手来拥抱他，"是的，孩子。当然通过了。我早就告诉他们你能通过，你会出色地完成考验。"乔叔公接着说，"的确，很少有人能承受那些考验。不管接下来会发生什么，现在你必须做领头羊带领团队。"

耶格看了一眼乔叔公。"还有一件事情我想问。那件 T 恤，卢克的 T 恤。他们从哪儿弄来的？"

老人的脸上掠过一丝忧郁。"天知道，有些人做了不该做的事。在你沃德的公寓里有一个衣柜，里面装满了你家人的衣服，我猜他们是在等待主人归来。"

耶格再次勃然大怒。"他们洗劫了我的公寓？"

老人叹了口气。"是的。特殊时期采取的特殊方法，但也许你会从心底里原谅他们。"

耶格耸了耸肩，他迟早会的。

"卢克和露丝，他们会回来的，"乔叔公语气坚定地低声说，"威尔，把那件 T 恤拿回去，好好地放回衣柜里。"

他抓住了耶格的手臂，力气大得出奇。"露丝和卢克——他们就快回家了。"

法尔肯哈根防御工事内，彼得·迈尔斯——曾经的彼得·弗里德曼——站在他们面前。这样的环境令接下来的简会变得很神秘。

这个防御工事很庞大，深埋地下，耶格走下六段之字形的台阶才到达。防御工事挑高的圆顶以及纵横交错的网状粗钢梁，仿佛一个深埋地下的巨型机器鸟的鸟巢。

左右两边是钢制螺栓梯，各自通向嵌在墙内的舱口。谁也猜不到舱口通向哪儿，因为正房外面是迷宫似的隧道、管道、竖井和沟槽，还有一排排大钢瓶，大概是用来储存纳粹制造的 N- 斯托夫的吧。

在这空荡荡、回音缭绕的房间里，几乎没有令人舒适的家具。耶格和团队成员坐在廉价的塑料椅子上，呈半圆形围着一张光秃秃的木桌。拉夫和戴尔也在场，还有耶格探险队的其他成员。他依次打量着每一个人。

离他最近的是刘易斯·阿隆索，一位非洲裔美国人，前美国海豹突击队队员。亚马孙丛林探险任务期间，耶格已经对他有所了解。他身材魁梧，肌肉发达，坚不可摧，但不是团队里最厉害的一员。

不过呢，他那聪明的脑袋并不亚于魁梧的身材。可以说，阿隆索集迈克·泰森强壮的身材和威尔·史密斯的帅气相貌、聪明睿智于一身。除此之外，他有一颗慷慨的心，为人真诚、无所畏惧。

耶格信任他。

他旁边是身材相对矮小的神岛广，前日本特种部队队员。神岛广是一位高尚的现代武士。他秉持神秘的东方武士道精神，在亚马孙丛林的那段时间里，他和耶格建立了深厚的感情。

第三位是乔·詹姆斯，一个熊一样的壮汉。在亚马孙丛林探险期间，他可以说是最让耶格难忘的队员。他留着乱蓬蓬的长发，蓄着浓密的胡子，看上去既像无家可归的流浪汉，又像地狱天使飞车党的车手。

其实，他是新西兰特种空勤团的前队员，那是一支最顽强、最负盛名的特种空军部队。他有毛利人的血统，是天生的林居人和追踪者，与塔卡瓦西·拉法拉是天生一对。

詹姆斯执行过无数次特种空勤团的作战任务，一直在努力接受失去战友的事实。但多年来，耶格学会了永远不要以貌取人。詹姆斯敢闯敢干的精神独一无二，另外他的创新思维无人能及。

耶格非常尊重他这样的特工。

当然，还有伊琳娜·纳洛芙，尽管自从耶格经历残酷的考验之后，他和纳洛芙几乎没有说过一句话。

在这二十四个小时里，耶格基本上已经接受了发生的事情，也姑且承认那是一个典型的反审讯训练案例——行话叫"R21"。

R21这堂要命的选拔课，是特种空勤团人人要过的最后一关。内容大多就是耶格在这儿遭遇的那些：电击、恐吓、晕头转向，还有可怕的心理战。

在为期几天的模拟生理和心理考验中，考官仔细审查他们是否有一反常态、精神崩溃或出卖战友的迹象。一旦他们回答了抛来的任何问题，则行动暴露，即刻淘汰出局。

因此，这个回答仿佛一句保命咒语：我无法回答这个问题，先生。

在法尔肯哈根，这一切来得如此突然，执行得如此绝情，以至于耶格从未想过这会是一场精心策划的游戏。再加上纳洛芙出色的演技，他还以为自己真的被出卖了。

他被欺骗、拷打、逼到绝境，但总算还活着，离找到露丝和卢克又近了一步。这是他现在唯一在乎的。

"先生们，伊琳娜女士，感谢各位的光临。"彼得·迈尔斯的话把耶格的思绪拉回了现实。这位老人环视了一下这座钢筋混凝土建筑，"我们之所以在此相聚，多半是缘于这个地方，缘于它骇人听闻的历史，缘于这一堵堵昏暗的墙壁。"

他注视着大家。耶格从未见过如此专注的目光，这目光夺人心魄。

"1945年春天，"他说，"德国已被盟军占领，无力抵抗，迅速瓦解。许多纳粹大人物落入了盟军手中。"

"一批纳粹高级官员被带到法兰克福附近一个代号为'垃圾箱'的审讯中心。他们矢口否认德国曾拥有大规模杀伤性武器，或计划利用这些武器来赢得战争。但是，有一名俘虏最终招供了，并坦白了一系列令人难以置信的真相。

"在高强度的盘问下，他透露纳粹已经研制出了三种可怕的化学毒剂：塔崩[1]、沙林神经毒气，以及传说中被称为 N– 斯托夫或 N 材料的毒气。他还详细交代了希特勒的化学武器计划，即制造数千吨化学毒剂来粉碎盟军。而不可思议的是，盟军完全被蒙在鼓里，因此对这些毒剂毫无防备。

"纳粹何以能瞒天过海呢？首先，正如你们所看见的，法尔肯哈根防御工事深埋地下，从空中几乎看不见。正是在这样的地方，他们制造了骇人听闻的毒剂。其次，希特勒将他的化学武器计划项目外包给了一家民营企业：法本公司，这是一家大型工业综合生产公司。

"他们暗中策划建造了这些死亡工厂。如果不是因为纳粹拥有数之不尽的奴工，这恐怕是一项艰巨的工程。数百万不幸的人被送到纳粹集中营，建造像法尔肯哈根这样的地下工事。更有甚者，集中营囚犯还被安排在危险的生产线上——当然，他们反正都是要死的。"

迈尔斯撂下这句话，给人不祥的预感。耶格不安

---

[1] 塔崩（Tabun），又名即二甲氨基氰膦酸乙酯（GA），是一种有极强毒性的物质。——译者注

地在椅子上挪动。

他觉得好像有一个奇怪的幽灵潜进了房间，用冰冷的手指攥紧他那怦怦跳个不停的心脏。

"盟军在各地发现了大量的毒剂，"迈尔斯继续说，"包括法尔肯哈根。甚至传闻他们研制出了一种远程V型武器——V-4，V-2火箭的升级版——可以把神经毒气远程投放到华盛顿和纽约。"

"人们都觉得赢得这场战争是险胜。所以有些人认为，可以利用纳粹科学家的技术，为即将到来的冷战做准备。因此大部分研制V型武器的纳粹科学家被送往美国研究导弹，以对抗苏联的威胁。"

"谁知随后俄国人抛出一个重磅炸弹。纽伦堡战争罪犯审判期间，他们出人意料地传唤了一名证人：德国国防军医疗部门的瓦尔特·施赖伯少将。施赖伯说，一个鲜为人知的党卫军医生库尔特·布洛梅主持开展了一个超级机密的纳粹项目，其重点是生物细菌战。"

迈尔斯眯着眼睛。"正如你们所知道的，细菌武器是终极大规模杀伤性武器。一枚落在纽约的核弹能毁灭全城的人。一枚沙林神经毒气弹头也可能造成同样的后果。但是一枚携带腺鼠疫病菌的导弹却能杀死所有美国人，原因很简单，病菌可以自我复制。一旦传播开来，它就会在人类宿主中繁殖并传染，从而杀死所有人。

"希特勒的细菌战项目代号为'避雷针'。它打着癌症研究所的旗号，骗过了盟军。为实现最终的胜利，希特勒直接掌管研发的毒剂。但施赖伯披露的最令人震惊的事情是，战争结束后，库尔特·布洛梅被美国人纳入麾下，去美国重启他的细菌战项目，只不过这次是为了对付西方国家。

"显然，第二次世界大战期间，布洛梅研发了一系列骇人听闻的毒剂：鼠疫、伤寒、霍乱、炭疽等。他还曾与日本731部队密切合作，该部队释放的细菌毒剂杀死了大量中国人。"

"731部队是我们历史上的一个污点，"一个声音轻轻打断了发言，他就是耶格团队的日本成员神岛广，"然而我们的政府从未诚心说过对不起。现在只能靠民众努力与受害者和解了。"

耶格了解神岛广，他说要主动向731部队的受害者寻求和解，这完全符合他的本性。

"布洛梅是无可争议的细菌战高手。"迈尔斯的双眼炯炯有神，看着听他说话的人，"但有些事情他绝对不会透露，甚至不会告诉美国人。纳粹没有用'避雷针'武器来对付盟军，原因很简单：纳粹分子正在完善一种超级毒剂，一种真正能征服全世界的毒剂。希特勒已经下令做好准备，但没料到盟军的攻势如此之猛。布洛梅和他的团队被击败了，但也只输在时间上。"

迈尔斯瞥了一眼坐在对面，手握细长拐杖的人。"现在我想请当事人来介绍。1945年，我不过是个十八岁的青年。乔·耶格才有资格讲述这段最黑暗的历史。"

迈尔斯走过去扶乔叔公时，耶格的心怦怦直跳。他深知来到此地是命运使然。虽然他要救妻子和儿子，但就刚才听见的内容来看，还有比救妻儿更利害攸关的事。

乔叔公用力撑着拐杖，走上前。"请大家耐心听我讲完，我敢说，我的年纪是在座几位的三倍。"他若有所思地打量了一下这个地下防御工事，"好了，我该从哪儿开始讲呢？先讲'洛顿行动'吧。"

他的目光落在耶格身上。"第二次世界大战期间，大部分时间我和这个年轻人的祖父一起在特种空勤团服役。不用多说，泰德·耶格是我哥哥。1944 年年底，我们奉命前往法国东北部，执行代号为'洛顿行动'的任务。目的就一个——希特勒命令他的部队殊死抵抗，阻止盟军前进，我们不能让他们得逞。

　　"我们空降到敌后，炸毁铁路轨道，杀了纳粹高级指挥官，大肆破坏、制造混乱。结果也遭到了敌人惨无人道的追杀。任务结束时，我们有三十一名战友被俘。于是我们决定查明他们的下落。问题是，战后不久，特种空勤团就被遣散了。大家都觉得我们没用了。可我们不这么认为，不得已再次违抗命令。

　　"我们成立了一个编外组织，查找失踪人员的下落。没过多久，我们就查出他们遭到了纳粹抓捕者的残忍折磨和杀害。于是我们开始追捕这帮刽子手，还给自己起了一个响当当的头衔——特种空勤团战争罪行调查组，私下叫'神秘猎人'。"

　　乔·耶格若有所思地笑了。"仅凭这唬人的头衔，我们就取得了令人咋舌的成绩。因为我们总是堂而皇之地行事，别人都以为我们是一个正儿八经的组织。其实，我们不过是一个未经批准的冒牌组织，自认为在伸张正义、收拾残局。那些年的时光真令人怀念啊！"

老人激动得哽咽了，但他还是强忍着说下去："接下来的几年，我们将纳粹刽子手一个个抓住。在这个过程中，我们发现有几名兄弟葬身于一个极度恐怖的地方——纳茨维勒纳粹集中营。"

有那么一会儿，乔叔公的眼睛寻找着伊琳娜·纳洛芙。耶格知道他们之间关系特殊，这是耶格想让纳洛芙向他解释清楚的众多疑问之一。

"纳茨维勒有一间毒气室，"乔叔公继续说，"主要用来在活人，也就是集中营里的囚犯身上试验生化武器。负责这项试验的是一名党卫军高级医生，名叫奥古斯特·希尔特。我们决定找他谈谈。

"希尔特销声匿迹了，但很少有人能躲得过神秘猎人的追踪。我们查出，他也在暗中为美国人做事。二战期间，他曾在无辜的妇女和儿童身上试验过神经毒气。他心狠手辣、杀人如麻，但美国人却愿意袒护他，不让他受审。在这种情况下，我们果断做出决定：希尔特必须死。他猜到我们的想法后，提出了一项非同寻常的交易：用纳粹最大的秘密换取他的小命。"

老人挺起肩膀。"希尔特交代了纳粹的世界瘟疫毁灭计划。他声称，这是一项将使用一种全新菌种来实现目标的计划。谁都不知道那种菌种是怎么来的，但它的杀伤力超出预期规模。希尔特在纳茨维勒集中营进行试验时，该菌种毒剂被证明有 99.999% 的致死率。人类在这种菌种毒剂的面前，没有任何免疫力。好像这个菌种毒剂不是地球上的，至少不是我们这个时代的。

"杀他之前——相信我，不可能让他活着的——希尔特告诉了我们毒剂的名字，希特勒亲自起的名字。"

乔叔公不安的目光落在耶格身上。"它被称为戈特病毒，意思是上帝赐予的病毒。"

乔叔公要了一杯水，彼得·迈尔斯将水杯递给他。其他人一动不动。话音回荡的防御工事里，他讲的故事扣住了每个人的心弦。

"我们向上级报告了这一发现，可惜无人理睬。我们发现了什么？我们只知道一个名字——戈特病毒，除此之外……"乔叔公无可奈何地耸了耸肩膀，"世界和平了，百姓也厌倦了战争。渐渐地，整件事都被忘记了，被遗忘了二十年。后来……马堡……"

他凝视着远方，目光迷失在遥远的回忆中。"马堡是德国中部一座美丽的小城。1967 年春天，小城的贝林沃克实验室暴发了一种不明原因的疾病。三十一名实验室工作人员被感染，七人死亡。一种新的未知病原体被命名为马堡病毒，或丝状病毒，因为它的形态是线状的，像一根细丝。以前从未见过这样的病毒。"

乔叔公一口气喝光了那杯水。"很明显，非洲运来的一批猴子把病毒带进了实验室。但那不过是官方的说法。很多个小组被派往非洲调查病毒的源头。他们寻觅自然宿主——病毒在野外的寄存体，但没找到。不仅如此，他们也没找到病毒的中间宿主——通常携带病毒的动物。简而言之，在那批猴子生存的非洲雨林中没有发现这种病毒存在的迹象。

"如今，实验室普遍用猴子试验新药，"他继续说，"也试验生化武器，原因很简单，如果一种药剂能杀死猴子，就可能杀死人。"

乔叔公又看着耶格。"你的祖父，泰德·耶格准将着手展开了调查。他和我们中的许多人一样，继续做着神秘猎人的工作。他发现了一件令人不寒而栗的事。原来第二次世界大战期间，贝林沃克实验室是法本公司的工厂。不仅如此，一直到1967年，这间实验室的首席科学家不是别人，正是希特勒的前细菌战大师库尔特·布洛梅。"

乔叔公扫视坐在眼前的人，眼睛里燃起了怒火。"20世纪60年代初，一个我们以为早就死了的人联系了布洛梅，这个人就是前党卫军将军汉斯·卡姆勒。卡姆勒曾是纳粹帝国最有权势的人物之一，也是希特勒最亲密的心腹。但战争结束时，他突然销声匿迹。多年来，泰德·耶格一直在追捕他。最后发现卡姆勒被招募进了由美国中央情报局资助的一个情报机构，奉命监视苏联人。"

"由于卡姆勒已臭名昭著，美国中央情报局让他使用了各种化名：哈罗德·克劳萨默、哈尔·克雷默和霍勒斯·柯尼希等。20世纪60年代，他已跻身美国中央情报局高层，便招募布洛梅加入他的秘密勾当。"

乔叔公顿了顿，一丝愁云掠过他那布满皱纹的脸庞。"我们设法闯入了库尔特·布洛梅在马堡的公寓，找到了他的私人文件。他的日记揭露了一个惊天秘密。这在其他任何情况下都是难以置信的。之后，我们知晓了很多事。这些事令人毛骨悚然、不寒而栗。

"1943 年夏天，希特勒命令布洛梅专门研究一种细菌毒剂。这种细菌毒剂已致人死亡。党卫军中尉有两人因接触了该毒剂身亡。他们死得非常惨，从身体内脏开始腐烂。人还活着，但是内脏器官，肝、肾、肺等已经溃烂。死的时候，从他们的身体里流出一股股浓稠的黑血，那是器官腐烂后的残余液。他们的表情像僵尸一样狰狞，大脑里早已是一片糨糊。"

老人抬头看着大家。"你们可能会想，两名党卫军中尉怎么会接触到这样的毒剂？他们都曾在党卫军一个涉及古代历史的机构工作。别忘了，希特勒意识形态扭曲，他认为"真正的德国人"属于一个神秘的北方种族，也就是身材高大、金发碧眼的雅利安人。怪吧，希特勒自己可是个黑头发、棕色眼睛的矮个子男人。"

乔叔公恼怒地摇了摇头。"这两名党卫军中尉都是业余考古学者，痴迷这个怪诞的说法，他们奉命'证明'所谓的雅利安优等民族从远古时代起就统治着地球。不用说，这是一项不可能完成的任务，但在工作过程中，他们不知怎么偶然发现了戈特病毒。"

"布洛梅奉命分离并培养这种神秘病原体。他照做了，结果证明这种病毒具有毁灭性的杀伤力。戈特病毒是上帝赐予的完美细菌毒剂。他在日记中写道：这种病原体仿佛不是出自这个星球，或者说至少出自史前远古时期，远早于现代人出现在地球上。"

乔叔公镇定了一下。"释放戈特病毒有两个难题。第一，纳粹需要找到治疗方法：一种可以大规模生产的、保护德国人民的疫苗。第二，他们需要改变病毒的传播途径，从体液接触传播转变为空气传播。就像流感病毒一样：一个喷嚏，病毒就能在几天内传遍众人。

"布洛梅卖力地工作，这是一场和时间的赛跑。幸运的是，他输掉了这场比赛。盟军在他完善疫苗或重新研制病毒感染方式之前，占领了实验室。戈特病毒是被纳粹视为'对战争起决定性作用'的武器。战争结束时，党卫军将军汉斯·卡姆勒决定，这将作为帝国的最高机密。"

乔叔公撑着拐杖，这位老兵终于要讲完这个漫长的故事了。"故事差不多到这里就结束了。布洛梅的日记清楚地表明，他和卡姆勒保存了戈特病毒，20 世纪 60 年代后期他们又开始研制这种病毒。还有最后一件事：在布洛梅的日记里，他一遍又一遍地重复着同样的短语 Jedem das Seine①。一遍一遍地写道：Jedem das Seine⋯德语里的意思是'罪有应得'。"

老人扫视房间，脸上露出耶格从未见过的神色：恐惧。

---

① Jedem das Seine 德语，意为"各人应得其所得"，来自古罗马哲学，描述了正义的原则。——译者注

第十一章

职业杀手

"伦敦的事干得漂亮，做得干净利落，没留下一点蛛丝马迹。"汉克·卡姆勒对一同坐在长凳上的彪形大汉说。那是史蒂夫·琼斯，剃着光头，留着山羊胡，驼背的肩膀上有一道瘆人的伤口，浑身给人威胁感。

他和卡姆勒在华盛顿的西波托马克公园。周围樱花盛开，但从这个大块头伤痕累累的脸上看不出一丝喜色。卡姆勒六十三岁，年龄不足他一半的琼斯面若冰霜，眼神呆滞。

"伦敦的事？"琼斯不屑地说，"我闭着眼睛也能做到。接下来要做什么？"

卡姆勒认为，琼斯体形硕大、杀人不眨眼，是个可以利用的人，但又吃不准他是否可靠，能否纳入麾下。他觉得琼斯这种人最好被关在铁笼子里，只有发生了战争……或者有像最近的暗杀行动——比如把伦敦的剪辑室炸得粉碎，才放他出来。

"我很好奇。你为什么这么恨他？"

"谁？"琼斯问，"耶格吗？"

'是的。威廉·爱德华·耶格。为什么对他恨之入骨？"

琼斯身体前倾，两肘支在膝盖上。"因为我是个记仇的人，仅此而已。"

卡姆勒抬起脸，享受着洒在皮肤上的和煦春光。"我还是想知道原因。以便我和你……推心置腹。"

"这么说吧，"琼斯阴着脸回答，"要不是你命令我让他活着，耶格早就死了。抢走他妻儿时，我就应该杀了他。等有机会时，你必须让我宰了他。"

"兴许有吧，但我更愿意慢慢折磨他。"卡姆勒笑着说，"俗话说得好：君子报仇，十年不晚……再说他的家人在我手上，我要变着法子折磨他。慢慢发泄，让他痛不欲生。噢，真惬意啊。"

大块头发出一阵奸笑，说："有道理。"

"回答我的问题，你为什么对他恨之入骨？"

琼斯看着卡姆勒，就像在看一个没有灵魂的人。"你真的想知道？"

"想知道。这对你有好处。"卡姆勒停顿了一下，"我对我的东欧伙计们……几乎失去了全部信心。他们在古巴海岸的一个小岛上为我办事。几周前被耶格打得很惨。耶格他们只有三个人，而我的人有三十个。这样你可以理解为什么我对这帮家伙失去了信心，为什么我更想用你了吧"

"一帮菜鸟。"

卡姆勒点头。"说得没错。但你恨耶格，是出于什么原因？"

大块头收回目光。"几年前，我参加了特种空勤团的选拔。皇家海军陆战队上尉威尔·耶格也参加了。他看见我在服用补品，就滥用他错误的道德观，多管闲事。"

"飞行选拔时，没有人能比得过我。最后一关是耐力测试——徒步跋涉四十英里，翻越险峻的群山。在倒数第二个检查点，我被指挥人员拉到一边，脱光衣服搜身。我就知道是耶格出卖了我。"

"这听起来不足以让你恨他一辈子。"卡姆勒说，"你服用了什么？"

"我服用了药——运动员用来提升速度和耐力的那种药。特种空勤团声称鼓励横向思维、重视特立独行和打破定向思维。真是一派胡言。如果我服药都不是横向思维，不知道什么才是。他们不仅取消了我的选拔资格，还上报给我原来的单位，害得我被永远赶出了军队。"

卡姆勒歪着头说："你被发现使用兴奋剂？是耶格出卖你的吗？"

"肯定是。他是个阴险狡诈的家伙。"琼斯停顿了一下，接着说，"我的档案显示我因服用兴奋剂而被赶出军队，想想看我找工作有多难？我跟你说，我讨厌阴险狡诈的人，而耶格是最自以为是、最阴险毒辣的小人。"

"幸好我们认识。"卡姆勒凝视着一排排的樱花树，"琼斯先生，我可以给你提供工作。去非洲，我在那儿有些生意。"

"非洲什么地方？我很讨厌非洲。"

"我在东非经营了一处野生动物保护区。我酷爱大型野生动物。当地人屠杀我的野生动物的速度快到令我心痛。他们杀害大象以获取象牙，还杀害犀牛，犀牛角现在以克论钱，比黄金还值钱。我一直在找人去那儿帮我盯着。"

"这可不是我擅长的。"琼斯回答。他翻过粗大的手掌，握紧像炮弹一样的拳头，又说："这个我擅长。再加一把刀、一些塑胶炸药和一把格洛克手枪就更好了。我是一名杀手。"

"我相信你去了那里，你擅长的都有用武之地。我要找的就是一名间谍、打手，最好还是杀手，而你集所有于一身。你怎么看？"

"这样的话，价钱合理，我就干。"

卡姆勒起身，没有跟史蒂夫·琼斯握手。他并不喜欢这个人。自从听父亲讲过战争年代英国人的故事后，他不愿相信任何英国人。希特勒曾希望英国在第二次世界大战期间站在德国这边，在法国沦陷后达成协议，团结对抗共同的敌人俄国。但固执任性的英国人拒绝了。

在丘吉尔盲目固执的领导下，他们没有认清现实，没有明白俄国迟早会成为他们的敌人。如果不是英国人——以及他们的兄弟苏格兰人和威尔士人——希特勒的帝国恐怕早已取得胜利，其余的都将成为历史。

虽然汉克·卡姆勒不愿相信任何英国人，但是如果可以利用琼斯，那他就会……于是他决定再扔给他一块骨头。

"如果一切顺利，你可以与耶格做个了断。但愿能了却你迫切的复仇心愿。"

谈话至此，史蒂夫·琼斯第一次笑了，但目光中仍毫无喜色。"那样的话，我跟你干。来吧。"

卡姆勒起身离开。琼斯伸出一只手拦住他。

"问一个问题，您为什么恨他？"

卡姆勒皱起了眉头。"处在我的位置，才有权提问，琼斯先生。"

琼斯不是一个容易被吓到的人。"我说了我的理由，我想我有权听听您的理由。"

卡姆勒淡淡一笑。"如果你一定要知道，那我告诉你，我恨耶格是因为他的祖父杀了我父亲。"

第 十 二 章

烈焰天使峰

法尔肯哈根的简报会暂停，一行人就餐、休息。但是耶格一向睡不了多长时间。过去六年，他连续睡七个小时的晚上，简直屈指可数。

此刻他的脑海中全是乔叔公刚才说的话，让他越发难以入眠。

他们在防御工事里重新集合，彼得·迈尔斯接着之前的话题继续讲道："现在看来，1967 年在马堡暴发的病毒，是布洛梅在猴子身上试验的戈特病毒。我们认为，他估计成功实现了使病毒通过空气传播，因此实验室工作人员受到了感染，但这样做大大降低了病毒的毒性。"

"我们密切监视着布洛梅，"迈尔斯接着说，"他有几个同谋，是和他一起在希特勒手下共事的前纳粹分子。但马堡疫情暴发后，他们的身份有被暴露的危险，因此得找一个偏僻地方，一个永远不会被发现的地方，继续研制致命病毒。"

"有十年时间，我们失去了他们的踪迹。"迈尔斯停顿了一下，"到了1976年，世界又面临新的恐怖威胁——埃博拉病毒。这是另外一种丝状病毒。就像马堡病毒一样，据说由猴子携带，并以某种方式跨越物种传染给了人类。和马堡病毒一样，埃博拉病毒出现在非洲中部埃博拉河附近，因此得名。"

迈尔斯的眼睛寻找着耶格，目光几乎要钻进他的身体。"想确定一种药的药效，必须进行人体实验。我们与灵长类动物并不完全相同，能杀死猴子的病原体可能对人类没有影响。我们认为埃博拉病毒是布洛梅故意投放，用来做人体实验的。结果证明这种病毒有90%的致死率。十分之九的感染者死亡，这个致死率非常高，但远不及当初的戈特病毒。显然布洛梅和他的团队就快要大功告成了。我们推测，他们躲在非洲大陆的某个地方，那里原始荒凉，还未被探索开发。"迈尔斯摊开双手，"线索恰恰到那里就断了。"

"为什么不审问卡姆勒？"耶格插话，"把他带到这儿，问个水落石出。"

"有两个原因。第一，正如许多前纳粹分子在美国军事和情报界谋得实权一样，他也在美国中央情报局执掌大权。第二，你祖父别无选择，只能杀了他。因为卡姆勒早就知道你祖父在追查戈特病毒。狩猎开始了，这是一场生死较量。我很高兴，是卡姆勒输了。"

"所以他们又追捕我祖父？"耶格追问。

"是的，"迈尔斯肯定地回答，"官方判定泰德·耶格准将是自杀，但我们一直认为是卡姆勒的死党对他下的毒手。"

耶格点头表示同意。"他绝对不会自杀的。他有太多活下去的理由。"

耶格十几岁时，祖父被发现死在车里，当时车窗玻璃上插了一根软管。最后判定为祖父由于多年战争造成的心理创伤而选择用毒气自杀。但家里人都不相信。

"当一切线索似乎都已经中断时，跟着钱走还是有用的，"迈尔斯接着说，"我们开始追寻这条线索，一路追踪到了非洲。前党卫军将军卡姆勒除了追随纳粹主义，平生还热衷于一件事——保护野生动物。他曾购买了一处巨大的私人野生动物保护区，用的无非是纳粹在战争期间掠夺的钱。"

"你祖父杀死卡姆勒将军后，他儿子汉克·卡姆勒继承了那个野生动物保护区。我们担心他在那里继续干他父亲那套见不得人的勾当。多年来，我们一直在监视这个保护区，想看看里面是否有隐藏的细菌实验室。但我们什么也没发现。"

迈尔斯注视着他的听众，目光落在伊琳娜·纳洛芙身上。"后来我们获悉亚马孙丛林深处有一架第二次世界大战时失踪的飞机。一了解到飞机的型号，我们就断定那是当年参与实施'避风港行动'的一架飞机。就这样，纳洛芙加入了亚马孙丛林探险团队，希望那架战机能透露点什么线索，让我们找到戈特病毒。"

"战机确实提供了一些线索。但更重要的是，你们的调查也将敌人引出了洞，逼得他们现身。我们怀疑现在还在追杀你们的那支队伍，是奉了卡姆勒将军的儿子汉克·卡姆勒的命令。他现在是美国中央情报局的副局长，我们担心他继承了他父亲的使命——复活戈特病毒。"

迈尔斯停顿了一下。"这是我们几个星期前获取的情报。后来，你们救出了被卡姆勒手下扣押的莱蒂西亚·桑托斯，在营救过程中，你们还拿到了绑匪的电脑。"

点击鼠标。屏幕闪烁。迈尔斯在防御工事的墙上用投影仪投射了一张图片。

卡姆勒·H.

BV222

卡塔维

楚玛·马拉卡

"这是从古巴小岛绑架团伙的电子邮件中检索到的关键词，"他接着说，"我们分析了来往的电子邮件，确信这些信息是绑架团伙头目弗拉基米尔与汉克·卡姆勒本人的来往邮件。"

迈尔斯一只手指着图片。"我先说第三个词。你们在亚马孙丛林战机上发现的文件中，有一份提到了一架飞往卡塔维的纳粹航班。卡姆勒的野生动物保护区就位于非洲国家坦桑尼亚西部边界，靠近卡塔维湖。

"那么，为什么纳粹时期的'避风港行动'航班要绕道飞往一片水域？再看第二行：BV222。第二次世界大战期间，纳粹分子在德国海岸的特拉沃明德建了一个秘密水上飞机研究中心。他们在那儿开发了布洛姆&福斯 BV222 水上飞机，这是第二次世界大战期间使用的最大的飞机。

"以下是我们的推测。第二次世界大战结束后，坦桑尼亚成了英国的殖民地。卡姆勒应该是向英国承诺了，只要英国保护他的安全，他便会告知大量纳粹机密。因此，英国政府特批了一架飞往'避风港行动'目的地——卡塔维湖的班机，即 BV222 飞机。党卫军将军汉斯·卡姆勒就在这架飞机上，随身携带他宝贵的病毒，要么是冷冻保存，要么是干粉保存。当然，这个秘密他永远不会告诉盟军。

"当然，我们并没有证据能证明这个细菌实验室的存在，"迈尔斯继续说，"如果存在，它隐藏得真是完美啊。汉克·卡姆勒经营的是一个真正的野生动物保护区。配套设施应有尽有：狩猎警卫、顶级的安保团队、豪华的狩猎小屋，以及供客户的飞机起降的跑道。图片上的最后一行提供了最后一条线索。"

"楚玛·马拉卡是斯瓦希里语，一种东非语言，意思是'燃烧的天使'。在卡姆勒的野生动物保护区内恰好有一座烈焰天使峰，坐落在卡塔维湖南面的姆比济山脉。姆比济山脉森林茂密，几乎完全没有被开发。"

迈尔斯点击另一张图片，只见图片上茫茫草原中有一座怪石嶙峋的山高耸入云。"当然，来往电子邮件中出现的这些关键词和同名的山，或许恰巧是名字雷同，但你祖父教过我永远不要相信巧合。"

他用手指戳了戳那张图片。"如果卡姆勒真的建了一间细菌实验室，我们相信它就藏在烈焰天使峰的深处。"

彼得·迈尔斯介绍完了情况，呼吁在座的大家充分利用各自的军事专业知识一起讨论。

"问一个愚蠢的问题，"刘易斯·阿隆索最先说话，"最坏的情况是什么？"

迈尔斯疑惑地看着他。"你是问世界末日是否会来临？我们面对的是不是一个疯子？"

阿隆索露出他标志性的微笑。"是啊，如果是一个真正的疯子，一个怪人呢。别卖关子了，直说吧。"

"我们担心这是一种会让人类灭绝的病毒。"迈尔斯沉着脸回答，"假如卡姆勒和手下研究出了如何把病毒武器化，将会出现噩梦般的场景：病毒在全球扩散，多地同时暴发疫情，以致各国政府没有时间研制疫苗。这将是杀伤力空前的流行性传染病，是一件改变世界、毁灭世界的大事。"

他停顿了一下，好让大家能够完全理解这些令人毛骨悚然的话。"不过卡姆勒和他的亲信们到底打算做什么，我们完全猜不到。这样的毒剂显然是无价之宝。他们会卖给出价最高的人吗？或者以某种方式勒索世界各国领导人？我们不知道。"

"几年前，我们模拟了几场重要的作战演习。"阿隆索说，"当时还请了美国情报部门的高官参与。他们列出了世界安全面临的三大威胁。其中最大的威胁是掌握有效的大规模杀伤性武器的恐怖组织。这些组织有三个途径获取武器。第一，向一些国家购买核设备。第二，拦截从一个国家转移到另一个国家的化学武器，可能是从叙利亚送去销毁的沙林毒气。第三，掌握关键技术，自己制造核武器或化学武器。"

他注视着彼得·迈尔斯。"那些家伙肯定精通此道，没听说过哪个坏蛋待价而沽，出售现成的生化武器。"

迈尔斯点了点头。"当然。但真正的挑战在于病毒的传播。假设他们已经研制出了能够通过空气传播的病毒，那么很简单，登上一架飞机，故意抖一抖撒满病毒干粉的手帕就行了。请记住，一个人每说一句话，就会喷出一亿个结晶病毒，相当于英国和西班牙人口的总和。"

"一旦抖完手帕，剩下的事飞机空调系统即可完成。假设是一架空客 A380 吧，就会有大约五百人已经神不知鬼不觉地被感染。几个小时后，他们在伦敦希思罗机场下飞机。这是个大机场，人满为患。他们乘坐公共汽车、火车或地铁，通过呼吸传播病毒。另外一些人转机前往纽约、里约热内卢、莫斯科、东京、悉尼或柏林。四十八小时内，病毒已经蔓延到所有城市、国家和大陆……阿隆索先生，这就是你说的最坏的情况吧?"

"潜伏期有多长? 人多久才会出现异常症状?"

"不知道。但如果类似埃博拉病毒，潜伏期就是二十一天。"

阿隆索打了一声呼哨。"那就坏透了，再也没有比这更可怕的病毒了。"

"没错。"彼得·迈尔斯笑了，"但有一个问题。还记得那个拿着沾满病毒干粉的手帕登上空客 A380 的人吗? 他一定是个有胆量的男人。他传染了飞机上的人，自己也会被传染。"他停顿了一下，"当然，在某些恐怖组织中，甘愿献身的大有人在。"

迈尔斯点了点头。"这就是为什么我们担心卡姆勒会把病毒卖给出价最高的人。一些恐怖组织不缺资金，也不缺愿意自我牺牲把病毒传播出去的人。"

这时，又有一个人插话道:"你们说的这些存在一个漏洞。"是纳洛芙在说话,"没有疫苗,谁也不会把这种病毒卖给别人。否则他们就是在自取灭亡。如果有疫苗,挥舞手帕的人就会获得免疫,他就能活下来。"

"也许吧,"迈尔斯承认,"但你愿意做那个人吗?你会相信那种很可能只在小白鼠、老鼠和猴子身上试验过的疫苗吗?卡姆勒要去哪里找活人来试验他的疫苗呢?"

提到人体试验,迈尔斯的目光转到了耶格身上,似乎他被什么吸引,目光中满是歉意。到底人体试验是怎么回事?耶格很好奇他为何一直盯着自己?

每次被迈尔斯盯着,耶格便觉得惴惴不安。

第 十 三 章

探险计划

耶格想晚点再找迈尔斯问清楚人体试验的事情。"好了，言归正传吧。"他说，"不管卡姆勒打算用他的戈特病毒做什么，从卡塔维野生动物保护区着手，多半能查个水落石出，对吧？"

"我们也是这样认为的。"迈尔斯肯定地说。

"那么你们有何打算呢？"

迈尔斯看了一眼乔叔公。"我们想听听大家的意见，一起商定。"

"为什么不直接上报当局？"阿隆索提议，"派海豹六队去端了卡姆勒的老巢?"

迈尔斯摊开双手。"我们只是掌握了些许把柄,并无确凿证据。况且我们没有能完全信任的人。黑恶势力已渗入最高层。美国中央情报局局长丹·布鲁克斯已经向我们伸出了援手,他是个好人。但他也有顾虑,怕牵涉美国总统。总之,我们只能靠自己,靠我们的关系网。"

"这是什么样的关系网?"耶格问,"你一直说的我们到底是谁?"

"神秘猎人。"迈尔斯回答,"该组织第二次世界大战后成立,一直延续到今天。"他指向乔叔公,"可惜当初的原班人马只剩乔·耶格,不过有他相伴,我们也是三生有幸啊。一些人已经继承使命,比如伊琳娜·纳洛芙。"他笑了笑,"我们欢迎今天在座的六位新成员加入。"

"资金呢?谁是后盾?有靠山吗?"耶格追问。

彼得·迈尔斯做了个鬼脸。"问得好……你们应该都已经听说了,最近一群寻宝者发现了藏在波兰一座山脚下的纳粹黄金火车。对了,这样的火车还有很多,黄金大部分是洗劫柏林帝国银行留下的赃物。"

"希特勒的金库?"耶格追问。

"嗯,就是保他千年帝国的金库。战争结束时,这笔被发现的财富数目大得惊人。柏林陷入混乱时,这些黄金被装上火车,分散藏匿起来。其中一列火车引起了神秘猎人的注意。车上大部分货物都是不义之财,但黄金一旦熔化,就无从追查了。我们认为最好还是把这些黄金作为运作资金保管,"他耸了耸肩,"俗话说,乞丐没得挑。"

"至于靠山,我们也有。神秘猎人最初是由经济作战部组织成立的。丘吉尔组建这个部门来指挥战时最高机密行动。第二次世界大战结束时,这个部门理应撤销。但实际上,他们仍保留了一个小的行政机构,在伦敦伊顿广场一栋不起眼的乔治王时期的别墅里办公。他们是我们的赞助人,监督并支持我们的行动。"

"我记得你说过是德国政府把这个地方借给你们的?"

"伊顿广场的人可是关系专家。当然,我说的是最高层。"

"那么你到底是谁?"耶格追问,"神秘猎人组织是个什么样的组织？有多少人？成员有哪些人？都是特工吗？"

"我们都是志愿者，只在需要的时候被召唤。就连这个地方也只有需要时才会启用。其他时间都会被封存。"

"好吧，就算我们加入，"耶格说，"接下来呢？"

点击鼠标。屏幕闪烁。迈尔斯切换到下一张幻灯片，屏幕上出现了烈焰天使峰的鸟瞰图。

"楚玛·马拉卡的航拍图。这是卡姆勒野生动物保护区的一部分，但绝对禁止进入。这里被指定为大象和犀牛的繁殖保护区，除了保护区的高级职员外，任何人不得入内。擅闯禁区者一律格杀勿论。"

"我们最关心的是山下的情况。这里有许多洞穴，当初由水冲蚀而成，近来由于野生动物在里面活动而变大了。显然，所有大型哺乳动物都需要盐。大象进入洞穴寻找盐，并用象牙挖出来，洞穴已被挖得如猛犸象般庞大。"

"请注意，这里的主要地貌是一个火山坍塌而成的火山口。此前火山锥分裂，中间形成了一个巨大的火山口，四周则是一圈凹凸不平的火山口壁。碗状火山口经季节性雨水的冲刷，形成了一汪浅湖。那些洞穴离湖水不远，都位于卡姆勒规定的禁区范围内，这是困难所在。"

迈尔斯的目光扫视着房间。"我们没有证据证明那些洞穴里藏着不可告人的秘密，所以得靠你们进去找证据。毕竟，你们才是行家。"

耶格盯着那张航拍照片看了足足几秒钟。"火山口壁看起来大约有八百米高。我们可以在山壁的掩护下拉开降落伞，神不知鬼不觉地飘落地面，从而进入洞穴……但问题是到达洞穴入口时如何不被发现。洞穴入口肯定安装了运动传感器。换作是我，还会安装视频监控、红外传感器、探照灯、绊索式火焰信号器等。而且洞穴通常只有一条进去的路，所以必定全覆盖监控。"

"那还不简单，"一个声音说，"我们不管三七二十一，就当是掉进了蜘蛛网。如果什么都没有，不就能直接看见他们干的什么勾当了？"

耶格盯着说话的人，是纳洛芙。"好吧。不过请问，我们怎么出去呢？"

纳洛芙头一甩，一脸的不屑。"打出去。我们全副武装地进去，找到要找的东西后，就开枪杀出一条血路。"

"万一打不出去就没命了。"耶格摇头，"不，肯定有更好的办法……"

他瞧了纳洛芙一会儿，嘴角微微上扬，露出调皮的微笑。

"我刚想到一个办法。你知道吗？你会喜欢这个办法的。"

"这是一个成熟的野生动物保护区，对吧？"耶格问，"我是说，配有游猎车、狩猎旅馆，以及相关设备？"

彼得·迈尔斯点了点头。"是的。卡塔维旅馆，配有五星级的设施。"

"好吧，假设你们是旅馆客人，但你们喜欢不按常理出牌。在去旅馆的路上，你们看见了烈焰天使峰，于是决定攀登这座山。火山口的最高点位于保护区边界外面，即禁区外面，对吧？"

"是的。"迈尔斯肯定地说。

"所以你们在开车去旅馆的路上，看见了这座令人敬畏的山峰。时间充沛，你们会想，它究竟是什么样的？于是沿着陡峭的山壁往上爬，到达峰顶时，看见一面峭壁直达下面的火山口，还看见一个黑黢黢的洞口，神秘莫测、引人入胜。你们不知道那是禁区。你们怎么可能知道呢？于是决定溜绳而下一探究竟。这就是我们进入洞穴的路线，至少有个不错的故事来打掩护。"

"很好啊。"纳洛芙说。

"记住，你们不按常理出牌。这是关键。什么样的人不按常理出牌？不是一群像我们这样的特工。"耶格摇头，"是新婚夫妇，一对非常有钱的新婚夫妇，会在五星级野生动物保护区度蜜月的那种人。"

耶格来回看着纳洛芙和詹姆斯，说道："那就是你们俩。伯特·格罗夫斯夫妇，钱包里塞满了现金，被爱情冲昏了头脑。"

纳洛芙盯着身材魁梧、一脸大胡子的乔·詹姆斯。"我和他？为什么是我们俩？"

"必须有你，因为我们男人不可能共住一间狩猎小屋。"耶格回答，"至于詹姆斯，剃掉胡子，剪掉头发，跟你是绝配啊。"

詹姆斯笑着摇头。"我和可爱的伊琳娜去非洲看落日，那你做什么?"

"我带着枪和装备，"耶格答，"随后就到。"

詹姆斯挠着他的大胡子。"剃掉这个我可不同意，还有一个问题……你们能相信我不会碰伊琳娜? 我是说，虽然我——"

"闭嘴，浑蛋奥萨马。"纳琳芙打断了他，"我能照顾好自己，用不着你操心。"

詹姆斯耸了耸肩，并未生气。"言归正传，还有个问题。神岛广、阿隆索和我，我们的身体都没恢复呢，你不会忘了吧。我们患了利什曼皮肤病，禁止进行任何剧烈运动。不管怎么说，这都算得上是一次困难的任务。"

詹姆斯并没有胡诌。亚马孙丛林探险临近结束时，他、阿隆索和神岛广被困在丛林里，花了好几个星期才走出来。其间他们一直被沙蝇——一种针尖大小的热带小螨虫叮咬。

沙蝇在人的皮肤下产卵，以血肉为食。叮咬的伤口会溃烂流脓，唯一的治疗方法是连续注射一种剧毒药物——葡萄糖酸锑钠。每一次注射，药水就像是硫酸在血管里燃烧。葡萄糖酸锑钠的副作用很大，会影响心脏和呼吸系统，因此禁止任何剧烈运动。

"那还有拉夫。"耶格脱口而出。

詹姆斯摇头。"恕我直言，拉夫不适合。别见怪啊，兄弟，我是说你的文身和头发是个问题，怕是不会有人相信。要我说，"他看着耶格，"只能你上了。"

耶格瞥了纳洛芙一眼。她似乎对这个提议没有感觉到丝毫难堪。这倒也不足为怪。她对人与人之间的交往，尤其是两性之间的交往，缺乏正常人的敏感。

"如果卡姆勒的人认出我们怎么办？他们有我的照片。"耶格反驳。这是他一开始就没有提议自己和纳洛芙合作的主要原因。

"两个办法。"一个人插话，是彼得·迈尔斯，"这么说吧，我喜欢你这个计划。你可以乔装打扮一下，极端的办法是做整容手术。其次是在不动刀的情况下，尽可能改变你的外表。不管哪个办法，都没问题。"

"你说整容手术？"耶格不敢相信地问。

"这又不稀奇。纳洛芙小姐已经做过两次了。每次我们都怀疑她追捕的那些人认出了她。事实上，神秘猎人易容由来已久。"

耶格举起双手。"好吧，我们能不能不整形不隆鼻呢？"

"可以啊，那样的话你就得一头金发。"迈尔斯说，"另外，你的妻子将是一位迷人的浅黑肤色女子。"

"再来一头火红头发怎么样？"詹姆斯提议，"更配她的脾气。"

"别这么无聊，奥萨马。"纳洛芙回了他一句。

"别说笑了，别说笑了。一个金发碧眼的男子和一个浅黑肤色的女子。"彼得·迈尔斯笑了，"相信我，天生一对。"

大家达成一致，散会。大家都累了。一直待在地下深处，耶格感觉异常烦躁不安。他渴望感受微风和阳光。

但他现在还得先做一件事。他在房间里转悠了一会儿，等其他人出去，然后走到正在收拾电脑设备的迈尔斯面前。

"请问我可以跟您聊几句吗？"

"当然可以。"老迈尔斯四下看了看，"看来只剩我俩了。"

"我很好奇，"耶格直说，"您为什么一直强调人体试验？似乎您觉得这和我有什么关系？"

"啊，那个……有心事时，我总是藏不住……"迈尔斯又打开了笔记本电脑，"给你看样东西。"

他点开一个文件夹，放大一张照片。照片中，一个身穿黑白条纹囚衣的光头男子瘫倒在素色瓦墙边。他紧闭双眼，眉头紧锁，嘴巴张着，仿佛在无声地尖叫。

迈尔斯看着耶格。"在纳茨维勒毒气室，纳粹分子照常详细地记录了他们的毒气实验。这样的照片有四千张，有些照片更令人心惊，因为它们的测试对象是妇女和儿童。"

耶格听见迈尔斯的话，顿时感到腹中一阵恶心。"跟我直说吧，我需要知道。"

老迈尔斯脸色苍白。"恕我直言，但这只是我的怀疑……汉克·卡姆勒抓走了你的妻儿，扣为人质。他或他的手下给你发送了你的妻儿还活着的证据，至少证明他们不久前还活着。"

几个星期前，耶格收到了一封有附件的电子邮件。打开附件，他看见一张照片，露丝和卢克拿着报纸头版跪在地上，证明他们当日还活着。这无非是为了折磨击垮耶格。"他抓了你的家人，如果他想确保戈特病毒……最终还需要在活人身上试验。"

老人的声音越变越小，他眼中满是痛苦。他没有说完，而耶格也不需要他说完。

迈尔斯认真地盯着耶格。"对于 R21，我再说一遍对不起，很抱歉我们觉得有必要考验你。"

耶格没有回应。此时他最不可能去想这件事。

第十四章

绳降火山口

耶格用力蹬了一脚，迫使身体悬离火山口壁，随着重力往下降。快速往下坠落时，绳索穿过防护环，发出哐哐的响声，他离火山口的底部越来越近了。

在他下面大约五十英尺的地方，纳洛芙悬在登山索具上。她将一个D形锁扣挂在岩石楔上——卡在岩缝里连接着结实钢环的楔形铁块。她稳稳地固定住了，等耶格到达后，继续下降。

烈焰天使峰火山口内壁是近八百米的垂直岩石，他们准备了一根六十米长的登山索——这大约是一个人能携带的最大尺寸，需要十四次绕绳下降。

这真的是一项艰巨的任务。

七十二小时前，彼得·迈尔斯在简报会上说得明明白白，耶格听得目瞪口呆。现在不只是关乎露丝和卢克，整个人类的生存都可能岌岌可危。

耶格和纳洛芙像度蜜月的新婚夫妇一样，乘坐头等舱直接飞往这里的国际机场，然后租了一辆四轮驱动越野车，一路向西，直奔阳光炙烤的非洲丛林。经过十八个小时的车程，他们到达了烈焰天使峰，停车，锁好租来的车，便开始登山。

耶格的靴子又碰到了岩壁，他用力蹬了一脚，结果蹬脱了几块大岩石，岩石直往下掉，砸向吊在登山装备上的纳洛芙。

"岩崩！"耶格大声喊，"当心！"

情急之下，纳洛芙没有向上看。耶格只见她徒手攀住岩壁，身体挣扎着贴紧岩壁，脸紧紧地贴着被太阳晒得滚烫的岩石。与巨大的火山口相比，她看起来又渺小又脆弱。小型岩崩轰然而下时，耶格屏住了呼吸。

千钧一发之际，大块的岩石撞到了她上方的一块狭窄的石尖，向外弹射出去，碎石差一点就砸到了她身上。

真是太惊险了。只要被一块石头砸中，她肯定脑袋开花，耶格也无法在短时间内将她送到医院。

他松开最后一截绳索，飞快降到她身边。

纳洛芙盯着他，面不改色心不跳地说："不需要你帮忙，在这里随时随地都可能丧命。"

耶格咔嗒一声卡住登山扣，解开绳索，递给纳洛芙。"轮到你了。要小心岩石，有一些松动了。"

他知道纳洛芙不习惯自己开玩笑，她一般都不搭理他，这下反而更有趣。

她皱起了眉头。"Schwachkopf"。

在亚马孙期间，他发现她喜欢用这个德语单词来骂人——白痴。估计是在神秘猎人那里学到的。

纳洛芙做准备时，耶格向西凝视着雾气腾腾的火山口。只见火山口壁裂开了一道拱形的缝。降雨高峰期时，水从西边顺着这道缝涌入，抬高了火山湖的水位。

正因如此，这个地方险象环生。

坦噶尼喀湖是世界上最长的淡水湖，从这里向北延伸数百英里。这片湖与世隔绝、年代久远，形成了一个独特的生态系统。这片水域栖息着巨型鳄鱼、巨型螃蟹和大河马。湖周围茂密的森林是成群的野象的家园。随着雨季的来临，很多动物都顺着雨水被冲出湖泊，来到烈焰天使峰火山口。

耶格和那道巨大的岩缝之间，隔着火山口众多水池中的一个。由于隔着茂密的森林，他几乎看不清楚，但他能听到。闷热潮湿的空气中，传来了河马清晰的呼吸声和咆哮声。

那里聚集了一百多头强壮的"庞然大物"，把水池搅成了泥浆浴场。在非洲火辣的太阳炙烤下，水池越来越小，河马被迫越挤越紧，脾气越来越大。

毫无疑问，他们最好去宽敞的地方，最好避开连接泥潭的水路，因为里面潜伏着鳄鱼。自从在亚马孙河遇到过这种凶残强大的爬行动物后，耶格和纳洛芙再也不想面对这种动物了。

他们要尽量待在陆地上。

但话又说回来，陆地上也有危险。

触发岩崩二十分钟后，耶格结实的登山靴重重地踩进了火山口底部肥沃的黑色土壤，身上的登山绳上下弹了好一阵才稳住。

严格地说，进行这一系列的绕绳下降，他们最好使用静力绳——一种没有弹性的绳索。但是静力绳也有缺点，一旦失足就会跌落摔伤。弹性登山索可以防止跌得很重，就像蹦极者在跳跃结束时减速一样。

但跌落终究是跌落，还是会疼的。

耶格解开锁扣，从上方最后一段绳降点抽出绳索，绳子呼的一下掉在脚边。然后，他从中间开始卷起绳索，挂在肩上。他花了一会儿时间才找到前方的路。眼前的地形简直是世间少有，与刚才攀登的岩壁截然不同。

他和纳洛芙爬上外侧山坡时，发现脚下踩的土壤非常松软、十分危险。土壤被季节性降雨冲刷出了一道道深而陡的沟壑。

往最高点爬的那一段路特别艰难，天气炎热，他们辨不清方向。在许多地方，他们都是在沟壑的阴影下跋涉，两眼一抹黑，什么也看不清。满是沙砾的干燥地面，几乎寸步难行，每走一步，就会往后滑一段。

不过，一个念头一再给耶格打气：露丝和卢克可能被囚禁在下面的洞穴里，受到胁迫，面临彼得·迈尔斯提到的悲惨结局。那次谈话不过时隔几日，但那个画面，却如同骇人的妖魔，在耶格的脑海里挥之不去。

如果这座山里藏着一个秘密的细菌实验室，耶格的家人很可能被关在里面，随时会被用来进行最后的生化武器试验，那就需要耶格的整个团队发动攻击，来将它摧毁。不管怎样，目前的任务是证明该实验室是否存在。

现在其他队员，拉夫、詹姆斯、神岛广、阿隆索和戴尔留在法尔肯哈根防御工事，忙着做准备工作。他们需要筹划几套突击方案，同时收集所需的武器和装备。

耶格迫切地想找到家人并阻止卡姆勒的阴谋，但与此同时，他清楚不能轻举妄动。否则就会前功尽弃，丧失赢得大战的机会。

在部队服役期间，他最喜欢的格言是有备无患。换句话说，准备不当就等着失败。留在法尔肯哈根的团队正忙着做准备，以确保找到卡姆勒的细菌实验室时，不会因准备不当而前功尽弃。

对耶格来说，前一天晚上到达火山口边缘的最高点是一种双重慰藉。因为每多走一步，离黑暗的真相就又近了一步。左右两边是一排排蜿蜒曲折、连绵起伏的山脊，曾经炽热的火山岩浆，现在变成了剃刀般粗糙的灰色山脊线，呈现出风吹日晒、岩石嶙峋的轮廓。

他们在火山口边缘往下几十英尺的一块岩架上扎了营。岩架坚硬冰冷，不易到达，只能靠绳降下去，但这也意味着不会有野生动物攻击他们。在这个汉克·卡姆勒的巢穴里，食肉动物多的是。除了随处可见的狮子、豹子和鬣狗，还有非洲大水牛以及每年致人死亡最多的食肉动物河马。

河马虽说体形庞大，速度却快得惊人，极具爆发力，而且保护领地、呵护幼崽的意识强烈，可以说是非洲最危险的动物。卡塔维水资源不断减少，大量性情暴躁的河马被迫挤在一片拥挤的水域。

如果你将许多老鼠关进一个笼子里，结果就是它们会自相残杀。如果你让一大群河马待在一个水塘里，结果就是他们会互相争斗。假如你不幸掉入其中，那会被一头冲过来的河马踩成一摊血泥。

耶格睡醒了，在火山口边缘，他看到了一幅令人惊叹的景象：整个火山口底部是一片蓬松的云海。在朝阳的映衬下，呈现出火一般的红色。云海茫茫，仿佛人能够走出岩架，从火山口的一头走到另一头都没问题。

其实，这是一大片低洼段雾气，从覆盖在火山口内部的大片茂密森林间蒸发而出。置身其间，眼前的景色、扑面而来的气味和声音，让耶格瞠目结舌。

卷好绳子后，耶格和纳洛芙开始往前走。他们的到来惊扰了此地。一群火烈鸟从附近的湖中腾起，飞到空中，就像一张巨大的粉红色飞毯，尖锐的嘎嘎声在火山口内回荡。这景象令人惊叹。沉积在火山湖中的丰富矿物质吸引了成千上万只与众不同的鸟儿来到这里。

偶尔还能看到间歇温泉往高空喷出一股热气腾腾的水柱。他仔细查看前面的路，然后示意纳洛芙跟他走。

他们轻轻穿梭在这片异域美景中，只用奇怪的手势指引路线。他们心照不宣，彼此明白此时的沉默。这是一个令人惊叹的理想世界，被时间遗忘的世界，似乎人类永远不应该踏足此地。

因此，他们希望悄无声息地走过，不惊动会视他们为猎物的动物。

第十五章

遭遇象群

耶格的靴子踏过一层被太阳晒得干裂的泥土。他在面前的水塘边停了下来。水塘清澈见底，水也很浅，这么浅的水是不会有鳄鱼的，看起来可以饮用。在烈日下走了这么久，他的喉咙干得像砂纸一样。他用手指蘸了一点水，舔了一下，自己的怀疑果然没错。这水喝了会丧命。

水从地下深处涌出，被岩浆加热到接近沸点，摸起来还是滚烫的。更要命的是，这么咸的水令耶格恶心想吐。

火山口底部到处都是热气腾腾的火山泉，蒸发出有毒气体。太阳烤干了咸水，在池塘的边缘留下一层薄薄的结晶盐，给人一种奇怪的印象，以为离赤道这么近的地方还结霜。

他瞥了一眼纳洛芙，低声说："这是盐水，不能喝。不过洞穴里应该有充足的水。"天气非常热，他们必须保持饮水。

她点了点头。"我们走吧。"

耶格蹚进滚烫的盐池，沾满泥土的靴子踩在白花花的碎屑上嘎吱作响。面前有一片猴面包树林，这是耶格的最爱。它们那粗壮而光滑的银灰色树干，让他想起一头强壮公象的侧影。

他朝树林走去，经过了一棵粗壮的猴面包树，这么粗的树，团队所有人手拉手才能围一圈。粗壮的树干拔地而起，撑起巨大的树冠，树枝像一根根粗糙的手指伸向空中。

耶格仍清晰地记得几年前第一次近距离接触猴面包树的情景。那是在与露丝和卢克一起去狩猎的途中，他们顺道去了南非林波波省，参观了著名的桑兰猴面包树，那棵树的树干周长一百五十英尺，年代久远，举世闻名。

猴面包树长到几百岁后，树干就开始自然形成中空。桑兰猴面包树的树干十分粗壮，内部巨大，有人在此改建了一个酒吧。耶格、露丝和卢克坐在空洞的树干内，用吸管喝着冰镇椰奶，感觉就像一家霍比特人[①]。

最后，耶格在坑坑洼洼的树洞内追着卢克，粗声粗气地说出咕噜[②]最喜欢的那句话："我的宝贝。"露丝甚至把她的结婚戒指借给了卢克，让他们的游戏更真实一些。当时的情景既奇妙又有趣，如今回想起来，令人心碎。

这里现在立着一片猴面包树，仿佛一队哨兵，守卫着山下卡姆勒老巢那晦暗的、血盆般的入口。

耶格相信兆头，此处出现猴面包树一定是有原因

---

① 霍比特人（Hobbits），是约翰·罗纳德·瑞尔·托尔金（J. R. R. Tolkien）的奇幻小说中出现的一种民族，体形娇小，但并非矮人或侏儒。——译者注

② 咕噜（Gollum），是英国作家托尔金（J. R. R. Tolkien）小说里虚构的角色。——译者注

的，仿佛在对他说："你走的路是对的。"

他蹲在十来个掉落的果实前，每一个果实都是嫩黄色的，看起来就像土里的恐龙蛋。

"这儿的人称猴面包树为'颠倒树'，"他低声对纳洛芙说，"它就像被一个巨人的拳头连根拔起，然后倒过来插进了土里。"他在非洲当过兵，也学会了一些当地语言，"这种果实富含抗氧化剂、维生素 C、钾和钙，是世界上营养最丰富的水果。其他水果不能与之相比。"

他抓了几个果实放进背包里，催促纳洛芙也这么做。他们带了野战食品，但他在部队里学过，即便有干粮，也绝不要错过任何可以收集新鲜食物的机会。干粮的好处是可以长期储存、重量轻，但不利于肠道的畅通。

一声尖锐的噼啪声在猴面包树林中回荡。耶格环顾四周。纳洛芙也高度警惕，眼睛在灌木丛中搜寻，鼻子嗅着风吹过来的气味。

又传来一声脆响，似乎源自附近的一片非洲臭木林，之所以这样命名，是因为它的树干或树枝被砍断时，会散发出难闻的气味。耶格找到了声音的来源，是一群大象在走动，它们一边走一边吃东西，撕掉树皮，扯下叶繁汁多的树枝。

他曾想到过会在这里遇到大象。这些年来，由于成群的大象在此地活动，洞穴已经扩大了很多。没有人确切知道，大象最初来这儿，是因为有凉爽的树荫还是因为有盐。不管怎样，它们已经习惯连续几天待在地下，偶尔站着打个盹儿，用巨大的象牙作为临时的破坏工具，在洞穴壁上挖洞。它们伸出鼻子，把碎石卷进嘴里，用牙齿咬碎，这样就能分解出附着在古老沉积物中的盐分。

耶格估计象群现在正朝洞穴入口走去，这意味着他和纳洛芙必须赶在它们之前进去。

他们目光对视。"我们走吧。"

他们飞快地走过灼热的地面，穿过了火山口壁阴影处的最后一片草地，冲向最暗的一片阴影。眼前赫然耸立着高大的岩壁，壁上开有一个约七十英尺宽、边缘参差不齐的大洞口。象群紧追不舍，他们立马冲进了山洞。

耶格仔细环顾四周。放置运动传感器的最佳位置是洞穴的入口，但如果没有装摄像头，也形同虚设。

运动传感器有很多种，最简单的一种大小和形状与猎枪子弹差不多。英国军用电子器械配有八个传感器，外加一个发射和接收装置，看起来有点像小型收音机。传感器埋在地下，能探测到半径二十米范围内的任何震动，并向接收器发送信号。

洞穴入口约七十英尺宽，安装八个一组的传感器就能覆盖整个区域。但由于进出这里的野生动物数量众多，守卫此地的人还需要安装一个摄像头和转接器，以便确认是有敌对入侵者闯入，还是一群找盐的大象。

运动传感器埋在地下，几乎不可能被发现。耶格要警惕的是隐藏的监控，还有天线或电缆。他没有看见有什么明显的东西，但这并不意味着没事。在部队服役期间，他曾见过伪装成石头和狗屎的闭路摄像头，这样的例子比比皆是。

他和纳洛芙继续往前走，洞穴变大了，他们仿佛进入了一座大教堂。此处是明暗交界的地带，只剩最后一点灰色的光，后方是不断延伸到洞穴里的黑暗。他们掏出攀索头灯。这里用夜视镜是没有意义的。夜视镜依赖环境光来提亮，比如增强月亮和星星发出的微光，使人能够在黑暗中看到东西。

但他们要去的地方，根本就没有光。

只有黑暗。

他们本可以使用热成像仪，但这种设备又大又笨重，不便他们轻装上阵。万一被抓到，他们可不想身边有任何东西让人怀疑他俩不像一对爱旅游、头脑狂热的夫妻。

耶格把头灯戴上，举起戴着手套的手，转动调整灯光的射距。一束蓝色的光从两个氙气灯泡中射出来，像激光表演一样穿过洞穴内部，照到一层像陈年干燥肥料的厚东西上。他俯身查看。

整个洞穴的地上都是一层厚厚的大象粪便，四周还散落着它们嚼碎的石头。这足以证明这些动物力大野蛮，可以撕裂洞穴的石壁，把它嚼成渣。

此时象群在他们身后轰鸣而来。

耶格和纳洛芙要想逃脱并不容易。

耶格把手伸到腰部，摸了摸他的腰带，发现那鼓起的包还在。他们争论了很久是否要带武器，如果带，带什么武器？

一方面，携带武器不符合度蜜月的新婚夫妇的身份。另一方面，不带任何防卫工具潜入这样的地方等于送死。

他们讨论的时间越长，就越清楚地意识到，不带武器反而显得很奇怪。这里毕竟是非洲荒野，到处是张牙舞爪的野兽。没有人会在不带防卫工具的情况下冒险来到这种地方。

最后，他们每人带了一把 P228 自动手枪和两个弹匣。当然，没有带消音器，因为只有职业杀手和刺客才会使用消音器。

走了这么远的路，手枪没有掉，耶格放心了，他瞥了纳洛芙一眼。她也检查了一下手枪还在。虽然他们扮的是一对新婚夫妇，但习惯难改。毕竟多年的训练已潜移默化地影响了他们，不可能一夜之间改变精英战士的习惯。

耶格退伍已经七年了。他离开部队后，成立了一家名为"全地形冒险"的生态探险公司，自从卢克和露丝被劫走，他的生意几乎荒废了。这才有了现在的任务：夺回家人、恢复往昔生活，并很有可能阻止一场无法估量的灾难。

光线更暗了，一串低沉的鼻息声在封闭的空间里回荡。成群的大象进入了洞穴。耶格和纳洛芙必须赶紧走了。

耶格示意纳洛芙照做。他蹲下身子，抓起一把粪便，擦在他那朴素的战斗风格裤子的裤腿上，擦在T恤上，以及胳膊、脖子和小腿裸露的皮肤上，然后掀起T恤，擦在腹部和背部。最后，他抹了一点大象粪便在刚染成金色的头发上。

大象粪便散发出一股尿液的臊味和腐叶混杂的淡淡气味，但他别无选择。对通过嗅觉辨认世界的大象来说，闻到耶格身上的象粪味，可能会认为他是一只无恶意的厚皮动物，一个与它们一样长着獠牙的同伴。

无论如何，他希望如此。

耶格第一次学会这个技巧是在非洲最高峰乞力马扎罗山的斜坡上。那次他和他们团里的一位传奇人物一起参加训练。那个人说，如果你从头到脚裹上新鲜的水牛粪便，那么就可以从一群非洲水牛之间安然无恙地穿过去。他让队伍里的每一个人，包括耶格，都这么做，事实也强有力地证明了这一招很有效。

和非洲水牛一样，大象的视力很差，只能看见身边的东西，不太可能会被耶格和纳洛芙头灯发出的光干扰。它们通过嗅觉探测食物，发现捕食者、避难所和危险，这个本领在动物世界中是首屈一指的。大象的鼻孔长在鼻子的末端，嗅觉非常灵敏，甚至可以发现十几英里外的水源。

大象的听觉也很灵敏，能听到人类正常听觉范围之外的声音。总之，如果耶格和纳洛芙能散发出大象的气味并且一声不哼，象群甚至都不知道他们在这里。

他们继续往前走，经过一个铺满干粪的平坦岩架，一路上靴子踢起阵阵碎屑。偶尔见到一堆风干的粪便，上面有墨绿色的条纹，好像有人在洞穴四周涂抹过颜料似的。

耶格猜那一定是鸟粪。

他抬起头，两束光扫过洞顶。果然，可以看到一串串骷髅似的黑影从天花板上倒挂下来。是蝙蝠。确切地说，是果蝠，成千上万的果蝠。绿色的黏液顺着洞壁往下流，那是它们消化水果后排出的粪便。

太好了，耶格对自己说。他们进入了一个山洞，山洞里从地上到洞顶都是粪便。

被耶格的头灯一照，一双小小的橙色眼睛睁开了。一只正在睡觉的果蝠突然醒了。攀索头灯的灯光惊醒了更多的果蝠，悬挂在洞顶的这些果蝠被激怒，开始骚动起来。

与大多数蝙蝠不同，果蝠通常被称为大蝙蝠，它们不靠回声定位，因此尖锐的尖叫声不会被墙壁反射入耳中。相反，它们拥有球状的大眼睛，能够在昏暗的洞穴中辨明方向。因此，他们会被光吸引。

果蝠的爪子钩在洞顶的一个缝隙里，瘦骨嶙峋的翅膀像斗篷一样包裹着身体。一只果蝠松开爪子飞了下来。它俯冲向地面，一定是误以为耶格头灯的光束是从洞口射进来的一道阳光。

随后黑压压的一群果蝠扑面而来。

第十六章

潜藏的敌人

砰！砰！砰！砰！砰！

耶格感觉到一只果蝠撞到了自己头上，就像被一枚大炮射中了。这时黑压压的蝙蝠群朝着头灯光束扑了下来。洞顶有一百多英尺高，从这么远的距离看，果蝠显得不起眼。然而，近距离看，它们是一群怪物。

果蝠的翅膀展开可达两米，体重足足有两公斤。这样的重量，再加上极快的速度，冲下来肯定伤人。果蝠的头骨又长又窄，眼球突出，闪着愤怒的红光，龇着两排白白的牙齿，看起来简直就是恶魔。

更多幽灵般的果蝠从高处俯冲下来，耶格被撞倒在地。他伸手把头灯关了，双手成杯状，护住脑袋不受果蝠的撞击。

他刚把灯熄灭，果蝠就转而被洞口透进来的阳光吸引。它们展开巨大的黑色翅膀，像一团风暴云一样飞掠而去，只听领头的公象扇着耳朵，愤怒地吼叫。它显然和耶格一样看见了这些果蝠。

"果蝠，"纳洛芙低声说，"也叫狐蝠。顾名思义，你懂的。"

"更像是会飞的狼，"耶格厌恶地摇了摇头，"绝对不是我喜欢的动物。"

纳洛芙笑了笑。"它们依靠敏锐的视觉和嗅觉来寻找食物，通常喜欢吃水果。今天它们显然是把你当作美食了。"她故意嗅了嗅，"哎呀，金发帅哥，你闻起来像一坨屎。"

"哈哈，"耶格咕哝道，"你身上可真香。"

金发帅哥。这个绰号倒是名副其实。不仅眉毛，连他的睫毛都被染成了金黄色，外貌发生如此大的改变，他自己都觉得惊讶。不过就伪装效果而言，还是相当不错的。

他们从地上爬起来，掸掉身上的泥巴，一言不发继续往前走。头顶上，渐渐听不到大蝙蝠幽灵般的吱吱声。能听见的唯一声音是从后面传来的——一百多头大象不断往洞穴深处走，地面发出有节奏的振动。

洞穴地面的一侧，有一条幽暗的、缓缓流动的小河流向洞口。他们一连爬过几个岩架，这些岩架比水面高出好几米。最后，他们登上了一处高地，一幅令人惊叹的景象展现在眼前。

小河渐宽，流进一片开阔的水域，在烈焰天使峰下汇聚成一个巨大的湖泊。耶格头灯的光束甚至照不到对岸。但更奇妙的是，一个个奇异的身影跃出水面，仿佛一部被定格的动画片。

耶格惊讶地盯了几秒钟，才明白他们眼前的景象是什么。这是一片石化丛林——这边，巨大的棕榈树以各种夸张的角度伸出湖面，像锯齿状的牙齿骨骼；那边，一排阔叶树干破出水面，就像消失已久的罗马神庙的柱子。

这里当年一定是一片郁郁葱葱的史前森林。一场火山爆发，火山灰如雨点般地落在植被上，绿树和草地被掩埋。久而久之，火山灰越积越高，丛林变成了石头，变成了不可思议的矿物质：蛋白石，一种点缀有蓝绿色荧光条纹的美丽红色矿石；孔雀石，一种呈现出令人惊叹炫目的铜绿色的宝石；还有几块闪闪发光的、光滑的黑燧石。

耶格在部队时去过世界上很多地方，甚至去过地球上最偏远的一些地方，但眼前的景色仍令他惊叹和震撼。在这里，在这个他原本以为只会遇到黑暗和邪恶的地方，他们无意中发现了令人惊羡的壮观美景。

他转向纳洛芙。"以后可别抱怨我带你度蜜月的地方不好。"

她忍俊不禁。

这个湖面足足有三百米宽，比三个足球场首尾相接还要宽。而它的长度，无法估量。湖的南侧有一个岩架，这显然是他们的必经之路。

出发时，耶格突然想到，如果卡姆勒不可告人的秘密——他的死亡工厂就在前方的某个地方，那从这边是完全看不到的。事实上，此处没有任何人类存在的迹象。

没有鞋印。

没有被人类走过的路。

没有任何车辆驶过的痕迹。

但洞穴如此巨大，肯定还有别的入口，还有其他被水侵蚀的通道，通往其他如画的美景。

他们继续前进。

走在岩架上，他们必须贴紧岩壁。岩壁闪烁着令人陶醉的光泽。岩石上凸起大量霜状石英晶体，在头灯的照耀下发出蓝白色的光，晶体尖端像刀片一样锋利。蜘蛛在晶体中间结了蜘蛛网，整面岩壁上似乎都覆盖着一层薄薄的纱。

蜘蛛网上满是死尸。胖胖的黑飞蛾、色彩绚丽的巨型蝴蝶、橙黄色条纹的非洲大黄蜂，个个都有人的小拇指那么长，全都裹在蛛丝里，变成了木乃伊。耶格所到之处，都能看到蜘蛛在尽情享用它们捕到的猎物。

耶格提醒自己，水孕育生命。这片湖会吸引各种各样的野兽。这儿的猎人——蜘蛛——正在等待。像其他捕食者一样，蜘蛛也在伺机捕捉猎物。

继续往山洞里走时，耶格仍在想这个问题。

耶格加倍警惕。他没想到在烈焰天使峰的洞穴深处会有这么多野生动物。

闪闪发光的晶体和的蜘蛛网中间，还有别的东西，以奇特的角度从洞壁伸出来。这是曾生活在那片已石化的史前丛林里的动物的骨骼化石：有披着盔甲的大鳄鱼、大象的远古祖先巨兽，以及体形庞大的河马的远古祖先。

岩架变窄了。

耶格和纳洛芙不得不贴着岩石走。

岩架和岩壁之间出现了一道清晰可见的裂缝。耶格朝里面瞥了一眼。里面有东西。

他凑近看了看。这一团乱糟糟的黄棕色的东西，像是曾经某个活生物的肉和骨头，皮肤被木乃伊化了，像皮革一样。

耶格感觉有人在拍他的肩膀。"象宝宝。"纳洛芙小声说，同时朝裂缝里看，"它们肯定是在黑暗中靠鼻子摸索着走，不小心掉进去的。"

"是的，但是你看那些痕迹。"耶格将头顶的光束聚焦在一块看起来被咬烂的骨头上，"是被什么家伙咬的。准是某种身强力壮的食肉动物。"

纳洛芙点头。这个洞穴里有食肉动物。

她的头灯光束掠过湖面，照到了身后的湖对岸。"看，"她低声说，"它们来了。"

耶格扭头一看，只见象群拥入湖中。湖水越来越深，体形较小的小象一头扎进了水中。它们抬起鼻子，露出鼻尖，就像一根吸管，贪婪地吸着空气。

纳落芙转身看了一眼她和耶格走过的路。只见一些灰色的小身影匆匆向前。那是象群中最小的象宝宝们。它们太小了，无法涉水蹚过，所以不得不绕很长一段路，走干燥的陆地。

"我们得快点了。"她低声说，语气急迫。

他们开始跑起来。

没跑多远，耶格听到了什么声音。

一阵低沉的、幽灵般的声音打破了寂静，这声音既像狗的咆哮，又像公牛的怒吼，还像猴子的叫声。

接着另一声号叫与之呼应。

耶格脊背发凉。

如果以前没有听过这种号叫声，他会以为洞穴里住着一群恶魔。其实他听出了，那是鬣狗。

前面的路上，有几只鬣狗——这是一种耶格再熟悉不过的动物。

鬣狗好像是豹子和狼的杂交，最大的鬣狗体重比一个成年男性还重。它们的下颚非常有力，可以咬碎猎物的骨头并吃掉。通常它们只会攻击老弱病残的猎物。但如果鬣狗被逼入绝境，它们就像狮群一样危险。

也许比狮群更危险。

耶格敢肯定，前面的路上有一群鬣狗，正等着伏击象群中最年幼的小象。

耶格的担忧是对的，身后一头公象朝着鬣狗的方向扑扇着大耳朵，巨大的长鼻子里发出了一声尖锐的叫声，像一声霹雳炸开了洞穴。

象群大部队涉水渡湖时，领头的公象带着另外两头大象，另辟道路。这三头大象劈开湖水，朝着鬣狗号叫的方向游向岩架。

耶格并没有低估此时的危险。一群大象迎战一群鬣狗，他和纳洛芙夹在中间。情况刻不容缓，没有时间去寻找另一条避开鬣狗的路线了。尽管即将要做的事情令他望而却步，但容不得他犹豫。

耶格把手伸到腰间抽出 P228 手枪，瞥了一眼纳洛芙。她已握好手枪。

"瞄准头开枪！"开始向前冲时，他咬着牙说，"一枪爆头。不然受伤的鬣狗会杀死我们的……"

他们跑起来，头灯的光束上下跳跃旋转，在岩壁上投下幽灵般怪异的影子。身后的公象们又吹起了号角，越冲越近。

耶格首先看清了对手。只见一只体形硕大的斑点鬣狗朝着他们的脚步声和头灯亮光转过身来，眼露凶光。这只鬣狗典型的肩高臀低、短脖子，子弹似的尖脑袋，显眼的蓬松鬃毛顺着脊椎骨往下延伸。它张大嘴巴、龇牙怒吼，露出又短又粗的獠牙和两排能咬碎骨头的巨大锥形牙齿。

就像一头打了激素的狼。

雌性斑点鬣狗比雄性体形大，统领鬣狗群。鬣狗女王低着头，耶格看见它两旁闪着几双灼灼发光的眼睛。他数了数，一共有七只鬣狗，此时身后愤怒的公象就要登岸了。

耶格的脚步没有迟疑，他握紧双手，边跑边瞄准，扣动了扳机。

砰！砰！砰！

三发九毫米口径的子弹击中了鬣狗女王的头骨。它重重地摔了下去，躯体跌落在岩架上——一命呜呼。其他鬣狗咆哮着，一跃扑了过来。

耶格感觉到纳洛芙站在他身旁，边跑边开枪。

他们和狂躁的鬣狗群之间只有几米的距离了。

耶格跳了起来，跨过血淋淋的鬣狗尸体，同时手里的 P228 手枪接连发射了几颗子弹。

他稳稳落地，飞快向前冲，身后的公象们向他逼近。湖水在它们硕大的脚下翻腾，它们的眼睛炯炯有神，耳朵扇动，鼻子嗅探到了威胁。

公象知道前路坎坷，小象们要走的路充满了鲜血、死亡和战斗。对大象来说，它们最迫切的希望就是保护自己的幼崽。整个一百多头的象群是一个大家庭，而现在它们的后代性命攸关。

耶格能理解大象们的绝望和愤怒，但大象向敌人发泄怒火时，他可不想靠近。

他本能地扭头找纳洛芙，却惊讶地发现她不在身边。他全身颤抖，停下脚步。一转身，发现她正弓着腰拉一只鬣狗的尸体，试图把它拖到路边。

"快跑！"耶格喊道，"快点！赶紧跑！"

纳洛芙反而更加用力地拖着那具沉甸甸的尸体。耶格稍加犹豫，便回到她身边，双手紧紧抓住鬣狗曾经强壮的肩胛，与纳洛芙一起将它推入路边的裂缝。

他们刚做完，领头的大象就冲了过来。这头大象发出惊天动地的咆哮声，发泄着愤怒，吼声像一堵音墙压得耶格五脏六腑似乎要碎了。几秒钟后，伸过来几只象牙，把他们俩逼到了岩架上最狭窄的地方。

耶格拉着纳洛芙躲进了洞顶与岩架边缘之间的夹缝中，抵着厚厚的蜘蛛网和如针尖的结晶体，用手遮住头灯，一动不动地躺在地上。

任何举动都会引起那头公象的愤怒。但如果他们不乱动、不出声，兴许能躲过一劫。

硕大的公象用牙挑起第一只鬣狗，整个扔进湖里。

这头公象的力气简直大得惊人。

鬣狗的尸体被一个接一个地挑起扔进湖里。清理完了岩架上鬣狗的尸体，头象似乎平静了一些。这只巨大的动物用它柔软扁平的鼻端嗅探刚才发生的事，耶格看得既着迷又害怕。

只见大象鼻孔扩张，四处嗅探。每一种气味都能说明情况。闻到鬣狗的血，大象得意扬扬。但空气中还夹杂着一种对它们来说陌生的气味：硝烟味。手枪射击产生的烟雾在洞穴凉爽的空气中弥漫。

大象似乎很困惑：这是什么气味？

象鼻越伸越近。耶格看见那湿漉漉的粉红色鼻尖朝他探过来。这条像树干一样粗、能举起二百五十公斤重物的象鼻可以缠住人的大腿或躯干，并在一瞬间把他们扯出来，撞到岩壁上摔成碎片。

有那么一瞬间，耶格想要反击。大象的头就在不到十英尺远的地方，很容易射中。

他清楚地看见了大象的眼睛，又长又漂亮的睫毛在头灯的光线中闪烁。

奇怪的是，他觉得这头大象仿佛能够看穿他，即使它伸出鼻子触到了他的皮肤。它的目光透着人性，地道的人情味。

耶格放弃了开枪的念头。即便他能下得了手，他也知道，九毫米的亚音速子弹不可能击穿公象的头骨。

他沉浸在大象的爱抚中。

象鼻触到他的手臂时，他僵住了。如此温柔的抚摸，感觉就像一阵微风拂过手臂。他能听到大象闻他的气味时发出的哼哧声。

耶格想知道，大象闻到了什么气味？他真希望象粪能起作用。但是，大象是否还能嗅探到人类的气味呢？当然，毕竟他们是两个大活人。

渐渐地，熟悉的同类气味似乎让公象平静了下来。它又嗅了几下，象鼻继续往前探。耶格的身体护住了纳洛芙，所以大象只能草草地嗅了她几下。

公象看起来很满意，转向了下一个任务：带领象群穿过鬣狗的残尸血迹。但在公象离开之前，耶格瞥见了它的眼睛：那双古老深邃，似乎能洞悉一切的眼睛。

似乎公象知道这里有什么。但它决定放他们一条生路。耶格对此深信不疑。

小象们聚在岩架处，惶恐不安。大象走过去，用鼻子安抚它们，然后轻轻地推搡最前面的小象，示意它们继续往前走。

耶格和纳洛芙抓住这个机会爬起来，赶在小象的前面，跑向安全地带。

或者说，是他们认为的安全地带。

第十七章

山洞内的墙

他们沿着小路一路狂奔。

岩架向远处延伸，变成一片平坦的区域，到了湖面的尽头。象群也在此聚集。它们用长牙在岩壁上砰砰地凿，这里显然是它们的盐矿。

这就是大象来此的目的。

耶格蹲在洞壁旁。他需要休息一会儿，喘口气，平复怦怦的心跳。他拿出一瓶水，喝了一大口。

他朝来时的那条路指了指。"搬尸体干吗？对鬣狗有好处吗？倒在那儿又不碍事，反正都死了。"

"对那些小象有好处，鬣狗尸体堵住了路，它们过不去。我只是想清出一条路。"

"没错，但是二十吨重的大象爸爸也过来了，它把这项工作做得妥妥当当。"

纳洛芙耸了耸肩。"我现在知道了，但是……大象是我最喜欢的动物。我不能让小象们被困住。"她打量着耶格，"不管怎样，大象爸爸没有伤到你一根头发，是吧？"

耶格恼怒地翻白眼。这有什么好说的？

纳洛芙对待动物的态度简直让人匪夷所思，像个小孩似的。耶格在亚马孙丛林时就意识到了这一点。有时，她表现得好像她与动物的关系比与人类的关系还亲密，似乎比起自己的同类，她更了解动物。

她对任何动物都是如此。毒蜘蛛、食人鱼……有时她似乎只关心地球上的非人类，关心上帝创造的无论大小的所有生灵。当她不得不杀死一只动物来保护她的同伴时——就像现在杀了鬣狗一样，她会一直悔恨。

耶格喝光了瓶中的水，把瓶子塞回背包里。当他系紧肩带准备出发时，头灯的光束突然照到了下面远处的某个东西。

人类喜欢直线形的、棱角分明的设计或结构，大自然造物主可不喜欢这样的风格。所以那个异常的形状，这种明显不自然的差异引起了耶格的注意。

一条河流从洞穴深处流入湖中，湖口有一个隘口，这是天然的窄口。

而在窄口附近有一栋房子。

确切地说，它看起来更像第二次世界大战的避难所，就像是法尔肯哈根防御工事的一部分，不像一座发电站或水泵站。但它临水而建，耶格心里明白了这是什么。

他们爬下岩架，走到水边。耶格将耳朵紧贴着水泥墙，听到里面传来微弱的、有节奏的嗡嗡声。他猜对了，这是一座水力发电站，建在水流湍急的湖咽喉处。部分湖水通过管道流入发电房内，里面安装了一个旋翼叶片，水流带动叶片转动，进而驱动发电机。这是现代版的古代水车。房子建得这么大，是为了防止被好奇的象群破坏。

耶格瞬间笃定无疑。这座山下肯定藏着人为建造的需要用电的东西。

他伸出一根手指指向暗处。"我们顺着这条电缆走，就能到达需要用电的地方。应该就在这座山下——"

"任何实验室都需要用电。"纳洛芙插话，"就在这儿！我们快到了。"

耶格双眼炯炯有神。"来吧！我们走！"

他们飞快地向前走，顺着电缆走向洞穴的深处。电缆用钢套包裹着，以免破损，蜿蜒到山的深处。他们一步一步地逼近目标。

电缆消失在一堵墙前面。

这堵宽大的墙截断了整个山洞，有好几米高，比最大的大象还高。耶格认为之所以在这个位置建墙，是为了阻止象群继续往里走。

在墙与河流相接的地方，有几道水闸，水从闸门内奔涌而出。他觉得里面还装了涡轮机组，而下游的那个发电机是备用电源。

他们站在墙壁下的阴影处。耶格感觉到，不管这座山里面有什么秘密，它就快要被揭开了。

快接近了。

他打量着这面墙。这是一面垂直的、光光溜溜的钢筋混凝土墙。

这是界限，是什么的界限呢？

墙后面会有什么呢？

谁会在后面呢？露丝和卢克被锁在笼子里的场景闪过他的脑海。

"勇往直前。永不止步。"这是耶格在皇家海军陆战队服役时的座右铭。在寻找家人的这段时间，他一直把这句话铭记于心，现在亦是如此。

他扫视了一下这面墙，想找个抓手点，但几乎没有。这面墙无法攀登。除非……

他走到墙的一头，来到墙壁与天然岩壁的交接处。果然，这里有一道突破口。光溜溜的墙壁毗邻锋利的结晶体和粗糙的岩层，或许此处可以攀登。他还看到搭建墙壁的人在建造过程中磨碎了一些露头的岩石。倒也并非有意而为，只是因为那些露头的岩石挡住了路，所以留下了足够的抓手点和落脚点。

"建这堵墙并不是为了阻拦人类，"耶格低声说，他已在脑海中绘出了攀爬的路线，"这是为了阻止饥饿的大象继续前进，从而保护墙里面的东西。"

"不管里面是什么要用电的东西，"纳洛芙小声说，两眼放光，"我们已经接近了，很近了。"

耶格耸了耸肩，把背包扔在脚边。"我先爬。我爬的时候，你把咱俩的背包绑在一起，我一上去，就把它们拉上去。你殿后。"

"明白。毕竟，你是——怎么说的来着？——攀岩运动员。"

耶格打小就喜欢攀岩。在学校里，为了和同学打赌，他徒手爬上钟楼，未使用任何绳索。在英国特种空勤团服役期间，他所在的部队主攻各种山地作战。在最近的几次亚马孙丛林探险中，他完成了几次危险的攀登和下降。

简而言之，一旦需要攀登，他都跃跃欲试。

耶格尝试了几次，最后在登山索的末端绑上一块岩石，将绳子向上抛，套住了最高的一块露头的石头。这样就有了一个类似锚点的东西，便可以在相当安全的情况下开始攀登。

他把衣服脱到最少，把无关紧要的装备，甚至手枪都塞进背包。他伸出左手，并拢手指头握紧一块露头的石头。这是古代巨型鬣狗的腭骨化石吗？此时耶格并不在乎。

他踩到了几处类似的岩石节点，利用嵌在岩壁上的史前遗迹向上爬了最初的几米。接着再抓住绳子，把自己拉到了下一个结实的抓手点。

登山索挂得很牢，攀登前进很顺利。

他现在一心想的就是爬到墙顶，看看墙后面保护和隐藏的到底是什么。

第 十 八 章

墙内的庞然大物

耶格伸长手臂摸索着墙的边缘，手指慢慢抓紧墙缘处，肩膀的肌肉开始酸胀，于是他靠腹部力量把身体往上顶，挪动膝盖爬到了最高点。

他呼吸急促，在墙顶躺了几秒钟。墙顶又宽又平，足以证明建造者付出的巨大努力。正如他所猜测的，这堵墙不是用来阻拦人类的。因为上面没有一圈圈尖锐的铁丝网。毕竟没有人会不请自来，愿意攀爬这样一堵墙。

不管是谁建的这堵墙，耶格坚信这都跟卡姆勒有

关——他肯定做梦都想不到此地会被发现。显然他认为
这地方深藏不露，绝对安全。

耶格冒险往远处看了一眼。头灯的两束光照到了
一个完全静止的、黑色镜面般的水面。原来墙的后面隐
藏着第二个湖，一条宽广的环形巷道环绕四周。

整个空间似乎空无一物，但这并不是让耶格惊讶
的原因。

湖中央的一幕简直不可思议。镜面般的湖面上，漂
浮着一个意想不到、令人震惊，却又非常熟悉的影子。

耶格竭力控制住自己亢奋的情绪和激动的心情，
心脏止不住地狂跳。

他小心翼翼地把登山索从套住的地方解开，牢牢
地系在一块小尖石上，然后把另一端放下去给纳洛芙。
她系上第一个背包，耶格拉了上去，第二个背包同样如
此。然后纳洛芙爬墙，耶格双腿跨在墙上，帮她稳住
绳子。

她一爬上来，耶格就用头灯照射湖面。"快看，"
他低声说，"好好欣赏一下吧。"

纳洛芙目瞪口呆。耶格很少看到她像现在这样惊

讶得说不出话。

"一开始我觉得自己肯定是在做梦，"他对她说，"快告诉我这不是做梦。告诉我这是真的。"

纳洛芙无法将目光移开。"我看见了。他们是怎么把它弄进来的？"

耶格耸了耸肩。"我也不知道"。

他们用绳子放下背包，然后顺着绳子溜了下去。两人蹲在地上，默默思考着该怎么完成下一个看似不可能的挑战。除了游泳——天知道水里有什么——还能怎样到达湖中心呢？即便到达了湖中心，又怎么登上停在那儿的那个东西呢？

耶格觉得他们早该料到会如此。法尔肯哈根简报会上，已给他们提过醒。但是，在这里找到了它，且如此完好无损，这让耶格惊喜到无法呼吸。

山腹的湖中心，停泊着一架巨大的 BV222 水上飞机。

即使从这么远的距离看，这架飞机也蔚为壮观——一个有六个引擎的庞然大物，喙状机鼻拴在浮筒上。旁边绑着一艘旧式摩托艇，高高伸展的机翼下，矮小的摩托艇衬托出飞机令人难以置信的庞大。

相比这架战机的存在和外观尺寸，更让耶格困惑的是它看起来如此完美。BV222 战机的表面没有一点蝙蝠粪，还涂着原来的迷彩绿漆。同样，蓝白色的部分——轮廓像快艇的 V 字形船体——没有挂上任何藻类或杂草。

战机上部伸出一个个炮塔：BV222 出战不需要任何护航。这是一座巨大的飞行炮台，据说能够击落盟军的任何战斗机。

炮塔的防风玻璃干净明亮，跟刚出厂似的。飞机侧面是一排舷窗，一直排到机尾德国空军的"铁十字"军徽处，这标志看起来像是昨天才涂上去的。

不知何故，这架 BV222 在这里停了七十年，受到了精心的照料。但最大的谜团——恐怕也是耶格一辈子都无法弄清的谜团，飞机究竟是如何进入这里的。

翼展达一百五十英尺，太宽了，不可能通过洞穴入口。

这一定是卡姆勒干的。他通过某种方法把它弄进来了。

但是他为什么要这样做呢？

出于什么目的？

有那么一瞬间，耶格怀疑卡姆勒是不是把他隐蔽的细菌实验室建在了这架藏在山腹的飞机里。但他随即又打消了这个念头。因为要不是他们的头灯，这架BV222恐怕要永远完全置身于这片黑暗中。

耶格深信这架战机被遗弃了。

他绞尽脑汁地思考，让大脑休息了片刻才意识到这里如此安静。巨大的混凝土墙几乎阻挡了所有从洞穴深处传来的声音：大象挖洞的声音、嚼碎石时有节奏的嘎吱声、心满意足时奇怪的跺脚声或吼叫声。

这里一片寂静。没有生命，空灵可怕，荒废冷清。

这里显然是所有生命的终结之地。

耶格指着那架水上飞机。"没有其他办法。我们得游过去。"

纳洛芙默默点头表示同意。他们开始卸掉身上的装备。这段路大约一百三十多米，他们要在冰冷的湖水中快速游过去，绝不能让背包、袋子和弹药成为累赘。除了要穿的衣服和鞋子，他们把其余东西都留在了湖岸。

扔掉手枪时耶格犹豫了一下。他不喜欢赤手空拳地战斗。大多数现代武器在水中浸泡后也还能正常使用，但现在的关键是得快速游完前方漫长冰冷的湖水。

他的 P228 手枪挨着纳洛芙的，放在那堆装备旁的一块小岩石下。

不过，耶格看到纳洛芙随身携带了一件武器，他并不感到惊讶。在亚马孙丛林时他就知道，她绝不会丢下她的费尔贝恩－赛克斯突击格斗刀。这把刀是她的护身符，或许是耶格的祖父送给她的礼物。

他看着她。"你准备好了吗？"

她眨着眼睛。"我们比赛，看谁游得快。"

耶格在脑子里描绘战机的位置，牢牢记在心里，然后关了头灯。纳洛芙也这样做了。他们把攀索头灯装进了防水的密封塑料袋里。现在四周完全变黑了，漆黑一片。

耶格把手放在眼前，什么也看不见。他又往前凑了凑，手掌碰到了鼻子，仍然什么也看不见。如此深的洞穴里，一丁点光都照不进来。

"跟紧我。"他低声说，"哦，还有一件事……"

他没有把话说完，就一头扎进了冰冷的湖水中，希望先行一步能领先纳洛芙一些。他感觉到身后几米远的地方，纳落芙也下水了，正在奋力追赶。

耶格伸长手臂拍水，用力向前游，偶尔探出头快速换气。他曾是皇家海军陆战队的一员，无论是在水上还是在水里，他都感觉非常自如。那架飞机的吸引力是不可抗拒的，然而在漆黑的环境里，人很容易迷失方向，这是很可怕的。

如果不是手碰到硬硬的东西，他险些以为游错了方向。摸起来像是冰冷坚硬的钢铁，估计是战机的浮筒。他浮出水面，轻松爬上了一个平台。

他伸手摸出头灯，开灯，照亮了湖面。几秒过后，纳洛芙到了，他用灯光帮她引路。

"你输了。"他低声说，把她拉出水面，轻轻地戳了她一下。

她皱起眉头。"你作弊。"

他耸了耸肩。"爱情和战争是可以不择手段的。"

他们蹲了下来，好一会儿才喘匀气。耶格用头灯扫视四周，头顶上巨大的机翼闪闪发光。他记得法尔肯哈根的简报会说过，BV222战机实际上有两层——上层供乘客使用、放货物，下层是机枪阵地，用来保护战机。

机身近在眼前，他完全相信这是真的。在这里，他终于领略到了这家伙庞大的体形，令人叹服的优雅和不可思议的存在。他必须进去里面。

他站起身，扶起纳洛芙。他们刚向前走了一两步，这时一个尖锐的声音打破了寂静。一阵有节奏的、响亮的呼啸声响彻湖面，在坚硬的岩壁间回响，震耳欲聋。

耶格愣了一愣，但立刻明白发生了什么事。BV222战机安装了红外传感器。只要他们一动，就会触到传感器的隐形光束，因此触发警报。

"关灯。"他轻声说。

片刻工夫，他们又置身于一片漆黑中，但并没有持续太久。

一束强光从湖的南岸射过来，驱散了黑暗。光束掠过水面，停在战机上，刺得耶格和纳洛芙几乎睁不开眼。

耶格抑制住寻找庇护处、准备战斗的下意识动作，而是抬手遮住眼睛，躲避耀眼的光线。

"记住，"他低声说，"我们是一对已婚夫妇，是到这儿来旅游的。不管对方是谁，都不要跟他们起冲突。"

纳落芙没有回答。她目不转睛地盯着周围的影子，好像被催眠了似的。强大的探照灯照亮了大半个洞穴，展示了 BV222 战机令人瞠目结舌的耀眼光辉。

这架飞机就像是博物馆里的珍贵展品。

令人难以置信的是，它看起来性能完好，还可以飞行。

第 十 九 章

禁区的守卫者

一声叫喊响彻水面。"站在原地！别动！"

耶格愣在原地。那个人的口音听起来像是欧洲人，明显不是土生土长的英国人。也许是德国人？

是卡姆勒吗？不可能。法尔肯哈根防御工事的人在中央情报局内部联络人的协助下，一直密切监视着汉克·卡姆勒。而且这个声音听起来是年轻人的，语气也不太对劲。少了预想中卡姆勒的嚣张气焰。

"站在原地别动。"那人又命令，话中分明透着恐吓，"我们现在过去。"

发动机的轰鸣声响起，从暗处冲出一艘充气船。穿过湖面，一会儿就到了耶格和纳洛芙旁边。

站在船头的人一头蓬乱的浅棕色头发，胡须散乱。他身高足有一米九，是个白人，而船上其他人都是当地的非洲人。他穿着战斗式样的绿色迷彩服，耶格看见了他手里端着的突击步枪。

船上其他人也穿着一样的衣服，带着武器，包围住了纳洛芙和耶格。

高个子盯着他们。"你们在这儿干什么？来错地方了吧？"

耶格决定装傻，伸出手想跟他打招呼，高个子没有理睬。

"你是谁？"他冷冷地问，"还有——请解释一下你们为什么在这儿。"

"我是伯特·格罗夫斯，这是我妻子安德烈娅。我们是英国人。嗯，爱冒险的游客。我们实在无法抗拒这座火山口的诱惑，就想看个究竟。先是被这个洞穴吸引了，"他指着战机，"接着又被这家伙吸引了。简直妙不可言啊。"

高个子皱着眉头，满腹狐疑，眉头紧锁。"作为游客，你们来这样的地方太……说得委婉一点，太冒险了。从各方面来说，都很危险。"他指了指手下的人，"我的保安报告说你们是偷猎者。"

"偷猎者？不可能。"耶格瞥了纳洛芙一眼，"我们是新婚夫妇，被非洲冒险冲昏了头脑，欠考虑。但这就是蜜月情趣嘛。"他充满歉意地耸了耸肩，"如果给你们添了麻烦，真是抱歉。"

高个子重新调整了步枪的握把。"格罗夫斯先生和夫人，这名字听着耳熟。你们预定了卡塔维旅馆，明天早上入住对吗？"

耶格笑了，说："您说对了，正是我们。明天上午十一点入住，住五天。"他瞥了纳洛芙一眼，竭力扮演出世界上最痴心的丈夫，"我们新婚宴尔，决定尽情享受一下生活！"

高个子依然目光冰冷。"如果你们不是偷猎者，我们当然非常欢迎。"几乎没有半点欢迎的语气，"我是法尔克·柯尼希，卡塔维野生动物保护区的负责人。不过，这儿并不是蜜月旅行的推荐路线，也不是去我们旅馆的路线。"

耶格开始打哈哈。"是的，我知道，但就像我说的，我们实在无法抗拒烈焰天使峰的诱惑。一旦站上了那个山脊，就不愿离开了。那儿就像一个现实版的失罗的世界。然后我们看到象群进山洞，那场面真壮观啊。"他耸了耸肩，"我们不由自主地就跟着往前走了。"

柯尼希僵硬地点了点头。"是的，火山口是一个物种丰富的生态系统。一片万里挑一的栖息地。它是大象和犀牛的繁殖保护区。这就是我们禁止所有访客进入的原因。"他停顿了一下，"我必须警告你们，繁殖保护区内实行自行开枪政策——擅闯者格杀勿论。"

"明白。"耶格看着纳洛芙，"对此造成的不便，我们深表歉意。"

柯尼希盯着他，目光中仍充满怀疑。"格罗夫斯先生和夫人，你们这次的行为可不明智。下次请走常规路线，否则我们不可能如此友善地接待你们。"

纳洛芙伸出手和柯尼希握手。"这都是我丈夫的错。他固执己见，一贯自以为是。我劝阻过他……"她笑了，透着爱慕之情，"但这也正是我爱他的地方。"

柯尼希似乎放松了一点，耶格忍住咽回去了一句尖刻的反驳。纳洛芙完美地扮演了她的角色。也许是演得太好了，他甚至觉得她乐在其中。

"确实。"柯尼希勉强地和纳洛芙握手，"可是格罗夫斯太太——听您口音不像英国人啊？"

"叫我安德烈娅吧，"纳洛芙答道，"您知道的，如今许多英国人的英语都说得不地道呢。这么说，柯尼希先生，听您口音也不太像坦桑尼亚人。"

"的确，我是德国人。"柯尼希瞥了一眼水里的巨大战机，"我是一名生活在非洲的德国野生动物保护者，和坦桑尼亚当地的工作人员共事，保护这架飞机也是我们的责任之一。"

"这是第二次世界大战时期的飞机吧？"耶格问，假装不懂，"我的意思是……难以置信啊。这飞机究竟怎么到这里来的？这么宽，不可能通过山洞口啊。"

"确实，"柯尼希证实，目光中仍有一丝警惕，"我记得是在 1947 年雨季的时候，机翼被拆下，机身被拖到这里。然后雇了当地非洲人把机翼分成几个部分运进来的。"

"令人震惊。但为什么是非洲呢？我的意思是，为什么要运到这儿呢？”

瞬间，柯尼希脸上掠过一丝不易觉察的阴影。“我不知道。这是我出生之前发生的事。”

耶格看得出他在撒谎。

柯尼希朝战机点了下头。“你们一定很好奇，对吧？”

“您是说进去里面吗？那当然。”耶格兴奋地说。

柯尼希摇了摇头。“很遗憾，这里严禁进入。就如这整个区域，禁止进入。你现在明白了吧？”

“明白，”耶格肯定地说，“不过，还是觉得有点扫兴。这是谁规定的啊？”

“此地的主人。卡塔维是一个私人野生动物保护区，由一位德裔美国人经营。这也是我们吸引外国人的部分原因。与政府经营的国家公园不同，卡塔维的运营模式具有德意志民族高效率的特点。”

“这个保护区经营得不错。”纳洛芙问，“您是这个意思吗？”

“差不多。一场保护非洲野生动物的战争正在打响。可悲的是，偷猎者频频获胜。因此，为了赢得这场战争，我们不得不采取孤注一掷的措施——击毙政策。”

柯尼希看着他俩，"今天你们差点毙命于此。"

耶格没有理会最后这句话。"我们支持你们，"他诚恳地说，"为了象牙而屠杀大象，或者为了犀牛角而屠杀犀牛，都是践踏生命的可悲行为。"

柯尼希歪着头。"说得对。我们平均每天都会失去一头大象或犀牛。无辜的死亡啊。"他顿了一下，"好了，格罗夫斯先生和夫人，你们已经问了很多问题了。"

他叫他们上充气船。没有用枪口胁迫，显然除了服从他们别无选择。小船驶离了战机，船头掀起了水波，战机摇晃了起来。不可否认 BV222 战机的外形既优雅又美丽。

耶格决心找机会回到这里，一探究竟。

充气船把他们带到通往山洞外的一条曲折隧道里。柯尼希拨动嵌在岩壁上的开关，洞顶装了电灯，岩石开采出的隧道灯火通明。

"在这儿等着，"他命令道，"我们去拿你们的东西。"

"谢谢。您知道东西在哪儿吗？"耶格问。

"当然。我的手下已经监视你们很久了。"

"真的吗？哇，是怎么做到的？"

"嗯，我们在洞穴里安装了传感器。但你也知道，动物们总是进进出出，总是触发传感器。再说了，从没有外人进入过这个山洞。"他目光犀利地盯着纳洛芙和耶格，"至少，一般人不能……今天，我的手下大吃一惊，听到了出乎意料的声音。一连串枪声——"

"那是我们在开枪打鬣狗。"纳洛芙插话，故作解释，"一群鬣狗。我们这么做是为了保护大象。它们带了象宝宝。"

柯尼希举起一只手示意她住嘴。"我很清楚是你们杀了鬣狗。当然，鬣狗是危险动物。它们经常来这里捕食小象，导致象群恐慌乱窜，小象被踩踏，现有的小象并不多了。鬣狗……我们自己也得消灭它们，控制数量。"

"所以您手下的人才会听到枪声?"耶格赶紧说。

"是的。他们很警惕，向我报告。以为偷猎者已经进入了洞穴。因此，我才赶了过来，然后发现了……你们。"他顿了一下，"一对新婚夫妇攀登山峰，穿越洞穴，消灭了一群斑点鬣狗。这太不寻常了，格罗夫斯夫人，难道不是吗?"

纳洛芙毫不畏缩。"绳降到这种地方，谁会不带武器呢？那未免太疯狂了吧。"

柯尼希仍然面无表情。"兴许是的。但遗憾的是，我还是得拿走你们的武器。有两个原因。第一，你们擅自闯入禁区。此地除了我和我的手下，没人可以携带武器。"

他上下打量着纳洛芙和耶格。"第二，此地主人早已下令，扣留在这里发现的任何人。或许第二条规定并不适用于旅馆的客人。但我保留我的判断，在报告主人之前，你们的武器由我们保管。"

耶格耸了耸肩。"没问题。我们要去的地方不需要武器。"

柯尼希勉强笑了笑。"当然。在卡塔维旅馆，你们不需要任何武器。"

耶格看着柯尼希的两名手下，他们正要去取他和纳洛芙藏在湖边的手枪。

"手枪压在我们物品旁的一块小石头下面！"他朝他们大声喊，他又转向柯尼希，"看来携带武器进入这样的禁区是不太合适，对吧？"

"您说得对，格罗夫斯先生，"柯尼希回答，"确实不合适。"

贝尔·格里尔斯的 生存秘籍

一、遇到大象

★ 观察周围的环境，看看是否有可以隐蔽的地方，如果有，就以最快的速度跑过去。如果没有，就尽可能在不起眼的角落里，蜷缩成一个球。

★ 尽可能找空旷的地方，避开大象的视线。如果空间不足，就要让自己处在大象的下风处，给大象足够的空间，让他们感受到安全感。

★ 保持冷静，不要随意奔跑，尽可能静止不动，奔跑可能会刺激到大象，做出伤人的举动。

★ 看看周围是否有大树，用最快的速度爬上去，爬得越高越好。

★ 当大象的耳朵向外张开，你一定要保持冷静，站着别动。如果大象没有继续往前走，你就可以慢慢地走开。注意，一定不要跑。

★ 如果周围没有大树，那就看看自己身上有没有能当作诱饵的东西，比如眼镜、帽子、背包等。将诱饵扔向大象，吸引它们的注意，再趁机逃跑。

★ 看看周围有没有大象的粪便，如果有，不要犹豫，将粪便涂在自己身上，这样可以通过气味短暂骗过大象。

二、遇到河马

★ 保持冷静，河马跑得很快，和它们拼速度肯定赢不了。可以尝试寻找掩体，比如大树、岩石等，如果没有时间爬上去，就围着它们绕圈。

★ 河马虽然体形庞大，但是动作十分敏捷。如果被河马追赶，不要一直向前跑，可以尝试以 Z 字形逃跑。因为河马虽然速度很快，但庞大的身体不允许它们快速改变方向。

★ 河马的脾气非常暴躁，咬合力也大得惊人。它们喜欢像螺旋桨一样摇尾巴，将排出的粪便甩得到处都是。如果在野外看到这种大面积且不规则的粪便，一定要快速远离。

三、遇到狮子

★ 如果遇到狮子，尽量不要背对着它们，也不要转身逃跑，这样容易激发它们狩猎的天性，把你当成猎物袭击。

★ 狮子一般不会攻击人类，如果遇到狮子，不要四处逃窜，保持冷静。可以站在高的地方，举起双手，让狮子产生一种对方比它高大的错觉，这样狮子也许就会放弃攻击你。

★ 保持冷静，千万不要乱动。观察它们的尾巴，如果狮子的尾巴来回扫，那它们只是心情不好，如果它们的尾巴挺得笔直，时不时抽几下，那就是要发动攻击了。

★ 如果狮子要攻击你，一定要冷静，不要跑，面向它，慢慢退回车里。如果没有车，那就用任何能拿到的东西朝它扔，如果你一直不动，狮子也许会慢慢离开，但如果你慌张地逃窜，狮子一定会来追你。

四、遇到鬣狗

★ 鬣狗是群居动物，它们的攻击性很强，耐力也非常惊人。如果遇到鬣狗，千万不要试图逃跑，它们对快速移动的物体非常感兴趣。

★ 如果遇到鬣狗，要充分利用手边能找到的一切工具，比如坚固耐用的棍子。鬣狗虽然狡猾，但看到人类手里有工具的时候，也会感到胆怯。

★ 把身上带的食物都扔过去，为自己争取时间。通常情况下，鬣狗的主要目的是觅食，当它们进食的时候，你就可以抓住机会逃跑。切记动作不要太快，声音不要太大，不然容易引起它们的注意。

★ 如果周围有大树，可以爬上去，鬣狗不会爬树，可以在树上等它们离开后，再找机会逃跑。

★ 不要试图躲在水里，鬣狗不仅在陆地上行动敏捷，水性还很好。它们不仅会游泳，还很擅长在水中攻击猎物。此外，水中可能还会有河马、鳄鱼等危险动物。

五、遇到鳄鱼

★ 鳄鱼平时习惯生活在水里，在野外尽量远离有水的地方，如果有需要必须靠近水源，一定要观察周围的环境，确定这片水域没有危险，再上前取水。

★ 鳄鱼在水中是非常危险的，但是如果在陆地上，它们的攻击力就会下降很多。如果遇到鳄鱼，首先要逃到陆地，减弱它们的攻击性，增加逃生的可能。

★ 鳄鱼静止不动的时候，可能是蓄力发动攻击。这时一定不要慌张，不要背对着它们逃跑。可以直视它们的眼睛，慢慢地向后退。

★ 如果不得不与鳄鱼搏斗，不要盲目攻击，鳄鱼的皮非常坚固。如果在陆地上，可以选择骑在它们的背上，用手摁住它们的嘴巴。鳄鱼虽然咬合力惊人，但是张嘴时的力量不会特别大。

★ 鳄鱼的头是全身较为脆弱的部位，如果必须选择攻击它们，可以选择攻击它们的头，尤其是眼睛，眼睛是鳄鱼头部最脆弱的地方。

★ 如果鳄鱼张开了嘴，可以找身边能利用的工具，比如木棍，竖着插在鳄鱼的嘴里，让它无法闭上嘴。或者拿木棍戳鳄鱼的上颚，这样会让水灌到它们的喉咙，迫使它们张开嘴巴。

致 谢

　　特别感谢 PFD 出版社的文稿代理人卡罗琳·米歇尔、安娜贝尔·梅鲁洛和劳拉·威廉姆斯，感谢她们为支持本书出版付出的努力。感谢乔恩·伍德、杰迈玛·弗雷斯特，以及奥利安出版社的马尔科姆·爱德华兹、马克·拉什和利安娜·奥利组成的"格里尔斯团队"。感谢 BGV 公司的所有人，是他们将威尔·耶格系列电影搬上了荧幕，让故事得以完美呈现。

　　感谢雅芳防护公司的哈米什·德·布雷顿·戈登、奥利·莫顿和伊恩·汤普森，感谢他们在生化武器、核武器等领域的防护措施方面为本书提供了宝贵的建议和专业知识。感谢克里斯·丹尼尔和英国混合航空飞行器公司的所有人，感谢他们在飞行器空降方面提出的见解和专业知识指导。感谢保罗·谢拉特和安妮·谢拉特在历史知识方面提供的建议和指导。感谢威塞克斯自闭症协会的鲍勃·朗德斯提供的关于自闭症和自闭症谱系障碍患者的建议。感谢彼得·希姆从年轻人的角度对这本书的手稿提出的建议。感谢军官阿什·亚历山大·库珀提供的军事技术建议。

最后特别感谢达米安·刘易斯，在发现我祖父的"绝密"战争材料后，我在他的协助下，创作了这部小说。在这样一个现代背景下，给那些第二次世界大战期间的文件、备忘录和文物赋予非凡的意义。